ハーレクイン文庫

運命の夜が明けて

シャロン・サラ

沢田由美子／宮崎亜美 訳

HARLEQUIN
BUNKO

Published by Harlequin Japan, a Division of K.K. HarperCollins Japan, 2024

目次

花嫁の困惑

◆主要登場人物

マリリー・キャッシュ……………ウエイトレス。
カルヴィン……………………マリリーのボス。ダイナーの経営者。
デリー…………………………マリリーの友人。
ジャスティン・ウイーラー………牧場の経営者。
ジュディス……………………ジャスティンの母親。
ギャヴィン……………………ジャスティンの父親。

1

明け方から雪が降りつづいていた。小さな羽毛ほどの雪片が激しく降りしきっている。マリリー・キャッシュは通りの向こうに目を向けたが、ガソリンスタンドの〈テキサコ〉の看板もよく見えないほどだった。アマリロの市街はほぼ通行不能で、州間高速自動車道二七号線にも車の影はほとんどなかった。マリリーが働いているダイナー〈ロードランナー・トラックストップ〉から北に数キロ行くと、この二七号線は四〇号線と交差するのだが、四〇号線のほうは、すでに吹雪のため封鎖されていた。封鎖寸前に走り抜けたトラックの運転手が〈ロードランナー〉にやってきて、吹きだまりの雪は一メートル八十センチほどにも達し、道路わきに次々と乗り捨てられた車が雪にうもれていると教えてくれた。

「あの、ちょっと。おかわりをもらえないかな？」

マリリーは窓から離れた。声の主は、吹雪をついてやってきた、そのトラックの運転手だった。

「今、行きます」マリリーはポットをとりに行き、客のカップにコーヒーをついだ。

一時間たったが、吹雪は衰えを見せない。ダイナーに残っているのは、〈ロードランナー〉のオーナーであり料理人のカルヴィンと、三人のウエイトレスだけだった。マリリーもそのうちの一人だ。

カルヴィンは調理場から出てきて、髪が薄くなった頭をかきながら窓の外を見た。

「君たちは、帰れるうちに帰ったほうがよさそうだな」

マリリーは決心がつかなかった。「ほんとうに？　車を進められなくなった人たちが次々にやってきたらどうします？」

「こういうしょうもない土地に住んでいるんだ。吹雪も初めてというわけじゃない。そうだろう？」そう言って、カルヴィンはにやりとした。「客が来たら、みんなでわいわいやるさ。とにかく、女性の君たちは帰ったほうがいい。本気で言っているんだよ」

ほかの二人のウエイトレスには、早く帰れと発破をかける必要はなかった。二人とも、夫や子供の待つ家に帰りたくてしかたないのだ。それにひきかえ、マリリーを待っている者はなく、彼女は一人ぼっちだった。

アマリロの町のだれ一人、マリリーの生い立ちを知る者はいない。ただ、出身はテキサス東部で、両親が亡くなったということだけは話してある。母が父に殺害され、父は殺人罪でテキサス州法により死刑になったなどということは、だれにも知らせる必要のないことだ。マリリー自身はそのことをくよくよ思い悩むことはなくなったが、それが彼女の過去の一部であることは、避けがたい事実だった。

事件が起きたのは、マリリーが十九歳になる少し前のことで、二十三歳のときに、父の刑が執行された。彼女は母親の葬儀に出席し、父親の公判を傍聴した。そのときから天涯孤独も同然だったが、実際に父親が亡くなるまで、事件から四年を要したことになる。そんなわけで、雪で足止めをくったとしても、マリリーにはなんの支障もなかった。むしろ仕事をしていたいくらいだった。

マリリーが雪用の長靴にはき替えている間に、二人のウエイトレスはさっさと帰ってしまった。休憩室から出ていくと、カルヴィンはテレビのチャンネルをお気にいりの連続ドラマに合わせ、ビールを飲みながら、角のボックス席におさまっていた。

「お先に失礼します」マリリーは声をかけて、ドアから外に出ようとした。そのとき、運転席を広く改造した黒のピックアップトラックがハイウェイから駐車場に入ってきた。

運転しているのがだれかはよく知っている。マリリーの憧《あこが》れの男性、ジャスティン・ウイーラーだ。彼は半年ほど前から、毎週決まって〈ロードランナー〉に来るようになり、必ずマリリーの担当するテーブルに座っては、笑いながら、彼女をからかってくる。ジャスティンにとってはただのたわいのないおしゃべりなのだろうが、マリリーには違った。ジャスティンのことなら、なにからなにまで好ましいのだ。カウボーイハットをはすかいにかぶった格好。立ちあがったときのがっしりした肩。そして笑顔になると、目尻にしわが寄り、左頬にかすかなえくぼができることまで。

そう、マリリーの甘やかな夢はジャスティン・ウイーラーを下地にして紡がれていた。ところが実際に彼について知っていることは、ほんのわずかしかない。ジャスティンは大金持ちの一人息子で独身、親は牧場と石油で財を成したという。そして、カルヴィンの作るチキンフライドステーキと、ダッチアップルパイが大好物だということだけだ。

「どうやら一人、足止めをくった人がやってきたようよ」マリリーはトラックから降りてきた男性を指さした。

カルヴィンはそちらを向いた。「それは気の毒に。よく顔を見せるカウボーイじゃないか。ええと、名前はなんといったかな?」

「ウイーラー。ジャスティン・ウイーラーよ」マリリーは言って、ぽっと顔を赤らめた。

カルヴィンがにやりとして、片目をつぶってみせたからだ。

「名前を知っているんだね?」カルヴィンが尋ねた。

マリリーは肩をすくめた。「前にテーブルを担当したことがあるから」それからわきに寄って、コートのボタンをさも懸命にはめているふりをした。すると、ジャスティンがドアを乱暴に開けて入ってきた。

「道路はこんな状態なのに、いったい外でなにをやっているのかね?」カルヴィンが大声で言った。「雪が降っているのがわからないのかい?」

「わかっているよ」ジャスティンは答えながら、カウボーイハットを脱ぎ、脚に打ちつけて、雪を払った。「すまないが、電話を貸してもらいたいんだ。携帯がだめになってしまった。今夜、この町に泊まるので部屋をさがさなければならない。この雪だ。家まで帰ることは無理だからね」

「一時間前に聞いたのだけど、宿はすべてふさがってしまったそうよ」マリリーが教えた。

ジャスティンは彼女のほうを向いてほほえんだ。「やあ、ハニー。そんなところに立っていたなんて、気がつかなかったよ」

マリリーはほほえんだ。ジャスティンに〝ハニー〟と呼ばれたからといって、別に深い意味はないのよ、と自分に言い聞かせる。テキサスの育ちのいい男たちは〝女の子〟と言うところを〝ハニー〟と言うだけのことなのだ。でも、マリリーはそう呼ばれるのがうれしかった。まるで特別に思われているような気がするのだ。

「ちょうど帰るところだったの。でも、おなかがすいているんだったら、帰る前になにか用意しますよ」

ジャスティンはかぶりを振った。「ありがとう。でも、さしあたって今夜の部屋さえ確保できればいいんだ」

「それはどうかしら。地元のラジオ局の放送を聞いたけれど、ここからラボックの間のモーテルはどこもいっぱいですって」マリリーは言った。

「マリリーの言うとおりだよ」カルヴィンが続けた。「部屋がとれるとは思えないね。でも、いずれにしろ電話は使ってかまわないよ」

マリリーはジャスティンを電話のところに案内し、電話帳を渡した。そしてカルヴィンのいる座席の近くで待った。ジャスティンが次々に電話をかけては断られるのを、二人は見守っていた。

最後の電話を終え、ジャスティンはむずかしい顔で受話器を置いた。「やっぱり、君たちの言ったとおりだったよ。どこもかしこもいっぱいだ。今夜僕に部屋を貸してくれそうな人がいないか、心あたりはないだろうね？」

カルヴィンは眉をひそめた。「残念ながら、ないな。もっとも〈ロードランナー〉でよかったら、いてくれてかまわないよ。私はこのボックス席で一晩過ごすつもりでいるから」

「私の家なら泊まれるわ」マリリーは口にしてしまってから、そんなことをほんとうに自分が言ったのかしらと信じられない気がした。

口に出した瞬間からマリリーは後悔していた。言わなければよかった。ジャスティンはたしかに私の憧れの男性だけれど、彼のほうは私とかかわりたいと思っているわけではないのに。

ジャスティンのほうも、マリリーに劣らず、その申し出にびっくりしていた。それまで彼女のことは、ダイナーの北側座席担当の、茶色の髪をまるくまとめた、ひょろりと背の高いウエイトレスとしか考えたことはなかったのだ。

マリリーは少しはにかみながら、私の言ったことなど軽く受け流してほしいわ、という顔をした。断ってくれればいいのだ。

「ベッドは一つしかないから、大きなソファしかお貸しできないわ。それもぜんぜんたいしたものではないの。だから、そんなのでは――」

「それでいいよ」ジャスティンは答えてから、ほんとうに自分はそんなことを言ったのだろうかと驚き、その気持ちが顔に出ていないか気になった。

「いいの？」

ジャスティンは手を振って雪を示した。

「ハニー、君が泊めると言ってくれるなんて、今日一日、こんなにうれしいことはなかったよ。君の家まで僕の車で行くかい？　それとも――」

「いいえ、裏の駐車場に私の車があるの。あとについてきてくれるかしら？」

ジャスティンは外をのぞいて、道路の状況を確かめた。

「道路はずいぶんすべりやすくなっているよ。僕の車で行ったほうが――」

「九年も前から、自分のことは自分でしているのよ。来るときも自分で運転してきたのだから、帰るときだって自分で運転していけるわ」マリリーは静かに言って、カルヴィンのほうを向いた。「お店が大変なことになったら、私の電話番号は知っているわよね」

カルヴィンはうなずいた。マリリーがジャスティンを泊めると言ったことが少しばかり気になった。だが、彼女はもう大人なのだ。そんなにマリリーのことを知っているわけではないが、決してだらしのない女性でないのはわかっている。きちんと考えて行動しているのだろうと思った。

「気をつけるんだよ」カルヴィンが言った。

マリリーはカルヴィンの言葉の意味がわかって、ほほえんだ。ただ運転に気をつけるようにと言っているのではないのだ。

「気をつけるわ。また明日ね」

「除雪が終わっていなかったら、無理して来なくていいからね。わかったかい？」

マリリーはうなずいて、さようならと手を振った。ドアから出る前に、ジャスティンに目をやった。

「行くわよ」

「いいよ。すぐあとをついていくから」

ジャスティンはマリリーのあとについて、雪の吹き荒れる外に出た。無事でいることを家族に電話したほうがいいだろうとふと考えたが、あとでかまわないと思った。ひとまず落ち着いてからで。

マリリーは意外にも、雪道を鮮やかにオールズモビルをさばいていく。まるで生まれたときから雪道を運転しているかのように、角を曲がっていった。一度だけ彼女の車が、とまっている車のほうにすべりだした。これはぶつかると思って、ジャスティンは息をのんだ。ところが、彼女はすべりながらも落ち着いてハンドルを操作し、タイヤをまっすぐに直して、すんでのところでかわした。

うまいじゃないか。ジャスティンはほほえんだ。「行くぞ」そうつぶやいて、ふたたび角を曲がっていくマリリーの車を追った。すると、彼女の車が左折のウインカーを出した。曲がるときにタイヤをとられたら大変だ。ジャスティンは速度を落としはじめた。やがて車は一軒の家の前でとまった。その家は小さな白い羽目板張りの家だが、降りしきる雪で、輪郭もさだかではなかった。ただ、家の前面に細長いポーチがあるのはわかった。

マリリーが車から降りた。コートの襟元を押さえ、吹きつける雪に向かって、うつむいて歩く。ジャスティンもあとに続いた。この雪だ。抱き寄せてあげたほうがいいだろうか、少なくとも道を踏み固めてあげるぐらいはしたほうがいいだろうかと考えているうちに、彼女を呼びとめる間もなく、ポーチに着いていた。

マリリーは足踏みして、靴についた雪を払っている。ジャスティンもそれにならった。彼女が鍵《かぎ》を出そうとしてポーチに取り落とした。手袋をしていないので、きっと指がかじかんだのだろうとジャスティンは思った。実は、彼女が内心あたふたしているのだとは、彼にはわからなかった。

彼女のあとについて、ジャスティンは中に入った。小さな家のぬくもりが彼を温かく包みこむ。自分の牧場の屋敷と比べながら、リビングルームを見まわした。すると、あたりまえだと思っていた自分の暮らしぶりが実は贅沢《ぜいたく》だったのだと思いいたって、一瞬、うしろめたい気がした。べつに、彼女は床に木箱を置いて、テーブルがわりにし、床に座って食事をしているというのではない。でも、家具はどれもこれも古く、傷だらけで、敷物も汚れてはいないが、ほつれが出ていた。

家を見まわすジャスティンに、マリリーは目を向けた。彼がはるかに快適なところで暮らしているのはわかっていた。だからといって、たりないものばかりでごめんなさいなどとあやまる気はなかった。そわそわしている気持ちを彼に気づかれなければいいけれどと思いながら、マリリーは横目で彼を見、小さなクローゼットを指さした。

「コートはその中にかけるといいわ。制服を着替えてから、なにか食べるものを作るけれど、それでいいかしら?」マリリーが言った。

マリリーは見るからにどぎまぎしているが、ジャスティンもそれに劣らずどぎまぎしていた。部屋を出ていく彼女に、彼はほほえみながらうなずいた。それから、電話がないかと見まわした。ソファのそばのテーブルにあった。あのソファが今夜の僕のベッドになるのだろう、と彼は思った。彼の身長にはサイズが短かすぎるが、寒い外のトラックで寝るよりははるかにましだった。

「電話を使ってもいいかな?」ジャスティンは声をかけた。「無事でいることを家族に伝えたいんだ」

「ご自由にどうぞ」マリリーの声が聞こえた。ジャスティンは電話のそばに座って、番号を押した。しばらくして、彼の家の電話が鳴りはじめた。

「もしもし?」

「父さん、僕だ、ジャスティンです」

「ジャスティンか!　ああ、電話をくれてよかった。母さんも私も心配で、おちおちしていられなかったよ。大丈夫なのかい?　どこにいるんだ?」

「大丈夫だよ、父さん。心配しているだろうと思って、電話したんだ。アマリロまで来たら、道路が封鎖されてしまってね。今夜はここに泊まって、明日、除雪車が来しだい、家に帰るから」

「それはよかった。運転しても危険がなくなるまで、車を出してはだめだよ」それから父親は言い添えた。「動けなくなった人たちがいっぱいで、モーテルには空きがないだろうと思っていた。部屋が確保できたなんて、幸運だったな」

ジャスティンは部屋を見まわした。ガスストーブに赤々と火がともっている。

「そうなんだ。父さん、まったくだよ。僕はほんとうについている。牛に干し草を余分に与えることと、馬が小屋に入っているかどうか確かめるように、牧場の連中に伝えてほしいんだ」

「もう言ったよ」

ジャスティンはにんまりした。「どうやらすべてうまく仕切ってくれたみたいだね。母さんにも、僕は無事でいて、明日帰るからと言っておいてくれ」

ジャスティンが受話器を置くと同時に、マリリーが部屋に戻ってきた。話が終わっていてよかった、と彼は思った。彼女がいたら、ろくに話ができなかっただろうという気がした。玄関から家に入ったと思ったら、ウエイトレスのマリリーはいつの間にか、雑誌の真ん中のグラビアページの女性のように変貌《へんぼう》をとげていた。そのグラビアページの女性が歩き、しゃべっている。不格好に束ねた髪はゆったりと肩の下まで下ろされ、さながらチョコレート色の滝のように、たっぷりとウエーブを描いている。足には古いモカシン。ジーンズは洗いざらしのリーバイスで、彼女のヒップに合わせてあつらえたかのようにぴったりフィットしている。昔のテキサスA&M大学のスウェットシャツ。そんなシャツを着ていると、ふつうなら豊かな胸がめだたなくなるものだが、彼女の場合は違っていた。

「電話は終わったの？」マリリーは尋ねた。

ジャスティンはうなずいた。

「今、電話をしておいてよかったわね。このまま吹雪が衰えないとしたら、停電になると思うのよ」

ジャスティンはうなずいたが、家中が真っ暗になったら、どうなってしまうのかとすでに考えていた。

「おなかはすいた?」マリリーが尋ねた。

ジャスティンはまたもやうなずいた。

マリリーは眉を上げた。ジャスティンはなんだか腑《ふ》抜け状態に見えるけれど、ほんとうの彼はそういう人ではないはずよ、と心の中でつぶやいた。これまで何度も彼と話をしているけれど、一度も鈍いとか間が抜けていると感じたことはなかった。もしかしたら、寒いだけのことなのだろう。

「バスルームはこの廊下を行って……左側の最初のドアよ。使いおわったら、キッチンに来てね。コーヒーはわかしているわ。テレビのリモコンは、あそこのテレビの下の棚よ。大丈夫ね?」

ジャスティンはふたたびうなずいた。そして、やっと声を絞り出して、返事をした。

「大丈夫だ」

マリリーが部屋から出ていった。ジャスティンは自分が崇高な信仰を受け入れ、その信仰の道を歩みはじめているのではないかという気がした。マリリーの体ほど完璧《かんぺき》なものをつくることができるのは神のみに違いないのだから。

数分後、ジャスティンはぶらぶらとキッチンに入っていき、そこで立ちどまった。ラジオが低い音で鳴っている。それでも彼の耳にはちゃんと音楽が聞こえ、マリリーの下半身がそのリズムに合わせて、わずかながら絶え間なくゆれているのがわかった。ジャスティンは目をつぶって、かぶりを振った。彼女のヒップ以外のことに考えを向けるのだ。わかしてあると彼女が言っていたコーヒーの香りがどこからか漂ってきた。分別と欲望の間隙《かんげき》を縫うように、その香りはたちのぼり、そもそもどうして彼がここに来ることになったのかが思い出された。

「そのコーヒー、とってもいい香りがするね」ジャスティンは言った。

マリリーは、片手にむきかけのじゃがいも、もう一方の手に皮むき用ナイフを持って、ジャスティンのほうを向いた。彼女はじゃがいもを持った手で食器棚のほうを指し示した。

「カップはそこにあるわ。自分でついで飲んでね」マリリーは言った。

ジャスティンはコーヒーをついで、わきに寄った。マリリーは皮をむいたじゃがいもを洗いはじめる。

「なにか手伝うよ」ジャスティンが申し出た。

「料理はできるの?」マリリーは尋ねた。

ジャスティンはコーヒーを一口すすって、にっこりした。「まあ……シリアルにミルクをつぐぐらいはできるよ」

マリリーは目をくるりとまわした。「世の中の男性って、みんなそうなのよね。上手にできることならやるよと申し出て、実はなにかしなければならないということにならないように、さっさと逃げ道を作ってしまうのよ」

ジャスティンは笑った。「男なんてろくでもないという意見なんだね」

マリリーは父親のことを思った。「今までのところ、その意見が変わるような男性には出会ったことがないわね」そう言って、彼女はにっこりした。「もっともカルヴィンだけは例外かもしれないわ。彼は雇主として、いい人よ。これまでで最高の雇主だわ」

ジャスティンはカウンターに寄りかかって、マリリーが料理するところを見ながら、コーヒーを飲んでいた。彼女の動きにはほとんど無駄がない。ぶつ切りにし、鍋《なべ》をかきまぜ、薄切りにし、蒸す。素朴な家庭料理のにおいが小さなキッチンに広がった。そのようすを見ながら、この半年、マリリーと会うことはけっこうあったのに、実は名前以外、彼女についてほとんど知らなかったと気がついた。

「マリリー？」

「うん？」

マリリーは顔を上げようともしない。そのことがなんだかおかしくもあったが、かちんともきた。人からはなもひっかけられないということに、ジャスティンは慣れていなかった。ことに美しい女性からは。

「今、気がついたんだが、君の名字は知らないな。君は親切で、吹雪の中で宿を提供してくれたのだから……」

マリリーの鍋をかきまぜる手がとまった。ジャスティンには彼女がためらっているように思えた。なにかに向かって、気を引き締めているかのように。でも、彼女が顔を上げ、ほほえむと、自分の思いすごしだったのだという気がした。

「キャッシュよ。私の名字はキャッシュというの。それと、きかれる前に言っておくわね。違うのよ。カントリー歌手のジョニーと血縁関係はないわ」

「何回も人からきかれたんだね？」

「あなたには想像もつかないぐらい、しょっちゅうよ」

ジャスティンはコーヒーをもう一杯ついで、マリリーのじゃまにならないようにキッチンテーブルに向かった。テーブルの下から引き出した椅子をまわして逆向きにし、馬にでも乗るようにまたがった。腕を椅子の背にもたせかけている。

「ここアマリロで育ったのかい？」ジャスティンは尋ねた。

またしても答えるまでの間、マリリーにためらいがあるように思えた。

「いいえ。テキサス東部よ。ハムの薄切りをフライにしたのだけど、クリームソースと、ケチャップ入りのグレービーソースと、どちらがいい？」

マリリーは話題を変えてしまった。ジャスティンは彼女の意向にそうことにした。

「きいてくれたからには、好きなほうを言うよ、ハニー。クリームがいいな」

マリリーは冷蔵庫に向かい、三・八リットル入りの牛乳を出した。ハムのフライを作ったフライパンに小麦粉をざっと入れ、まぜていく。ジャスティンはそのようすを見ていた。

「それって、才能だね」

「才能って、なんの？」マリリーは作ったばかりのルーに牛乳を入れ、まぜはじめた。

「おいしいソースを作れる才能」

マリリーはジャスティンを見あげ、にっこりした。

「おいしいって、どうしてわかるの？」

ジャスティンは身を乗り出し、腕に顎をのせて、魅惑的なグリーンの目で彼女を見すえた。

「たしかに僕に料理はできないかもしれないが、料理のうまい人は、見ればわかるんだ」

マリリーはちょっぴり笑顔を見せると、料理を続けた。ジャスティンにそんなふうに言われたことがうれしくてたまらないのだが、たとえ心の中だけでも、その気持ちを認めるのはためらわれた。数分たち、料理はすっかり整った。マリリーは数枚の皿、ナイフやフォークをジャスティンに渡した。彼はとたんに空腹を意識して、待ってましたとばかりに受け取り、テーブルに並べた。

マリリーは料理をテーブルに運んだ。運びながら、アマリロに住むようになってかなりたつのに、この家に食事に来た客は彼が初めてだと気がついた。

「どうぞ座って」マリリーは言った。

「君が先だよ、ハニー。母は料理は教えてくれなかったけれど、行儀作法は僕の頭にしっかりたたきこんでくれた」

ジャスティンの笑顔を見ていてはいけない。しがらみを嫌う、ハンサムな男性に惹《ひ》かれたらどうなるかはわかりきっている。なのに、彼を見ていると、うっとりしてしまう。マリリーは彼が引いた椅子に腰かけた。彼がその椅子をテーブルに近づける。マリリーは背中に感じる彼の熱い手のことは考えまいとした。

「あっという間にこれを全部料理したなんて信じられないよ」ジャスティンは感心して言った。ハムステーキ、マッシュポテト、グレービーソース、ボウルに盛ったグリーンピースが並んでいた。

ジャスティンがほめてくれた。マリリーはうれしくて、ほほえみながら、ハムの皿を彼にまわした。そのあとの食事はなごやかに進んだ。二人は食べながら、昔からの友達がその後どうしていたかを説明し合うかのように、話に興じた。

料理を半分ほどたいらげたところで、ジャスティンはふと思った。相手が女性なのに、こんなに気楽にしているのは初めてだし、セックス抜きでここまで楽しめたのも初めてではないだろうか。これまでこんな経験はしたことがなかった。今までのデート相手の女性たちは、彼に要求ばかりしていたし、どれだけ自分たちのために金を使ってくれるかと、ねだってばかりだった。

「もう少しコーヒーをいかが？」マリリーはコーヒーのおかわりを持ってこようと立ちあがった。

「もらうよ」ジャスティンは言って、カップを差し出した。マリリーはコーヒーメーカーからポットをはずした。カップにコーヒーをつぎはじめる彼女を、ジャスティンは下から見あげ、にやりとした。「気がついているかな、マリリー？　君はコーヒーをつぐのがほんとうにうまいね。ウエイトレスになることを考えてみたことはあるのかい？」

マリリーは笑いながらうしろを向き、手際よくポットを戻した。

「そう思う？」マリリーは言いながら、椅子に戻った。「不思議だと思うのよ。人はどういういきさつで職につくのかしらね……。私の場合はもともとウエイトレスになりたくてなったのではないわ」

ジャスティンは最後の一口を食べおえたところだった。マリリーの言葉に興味をそそられ、皿をわきにどけ、テーブルに肘をついて、身を乗り出した。

「なにになりたいと思っていたのかな？　君が子供のころ、ということだけど……」

マリリーは子供時代の惨憺《さんたん》たる環境を思って、肩をすくめた。

「ただ、大人になりたかったわ。ともかく、家から出たかったの。どうやら、どんな仕事につくかなんて、きちんと考えていなかったんだわ」マリリーは言った。

ふいにジャスティンは、今の質問をしなければよかったと思った。マリリーの選んだ職業を自分が見下しているようにとられるのは心外だった。

「そんなことを言いたかったのではないよ」ジャスティンはあわてて言った。「ただの好奇心からきいただけなんだ」

マリリーはうなずいて、笑顔を作った。「わかっているわ。べつに気分を害しているわけではないの。あなたはなにになりたかったの？」

「一人っ子がとってもいやで、きょうだいさえいれば、なにもいらないと思っていたよ」

思いがけなく深刻な話になってしまったが、二人ともさらっと話していたので、その場の雰囲気はちっとも重苦しくはなかった。

「プレッシャーを感じたの？」マリリーは尋ねた。

ジャスティンはうなずいた。

「それは察しがつくわ。高校生のころ、お金で買えるものはなんでも持っている女の子がいたの……ただ、自分の道を選択する自由だけはなかったわ。不動産業を営んでいたご両親が、仕事と同じように、彼女の人生も仕切っていたのよ。そうしたら、あるとき、彼女はうんざりしたんでしょうね。町では不良で知られていた男の子と駆け落ちしたの。本気でその男の子を愛していたとは思えないのよ。親を困らせたくて、そうしたという気がしてならなかったわ」

「そうだね。そうだと思うよ」ジャスティンが言った。

「それで……あなたは若いころ、親に反抗したりしたの？　それとも、いい子で通した？」

ジャスティンは肩をすくめた。「少しは反発したな。でも、たいしたことはなかった。それに、今、僕は自分のしていることを気にいっているんだ」

「していることって？」

「牧場の経営。家畜を育てたり、馬に乗ったり」

「ということは、あなたが身につけている帽子も、ブーツも、ファッションのためではないのね。話に嘘《うそ》はないし、外見も中身といっしょなんだわ」

ジャスティンはにっこりした。「利いたふうなことを言うんだね」

マリリーは眉を上げた。「見たままを言っているだけよ」彼女はふいに立ちあがり、皿を片づけはじめた。驚いたことに、ジャスティンも手伝いはじめた。彼女が残った料理を片づけている間に、皿やボウルをカウンターに運ぶ。すぐに片づけは終わり、テーブルはきれいになった。

マリリーはジャスティンの胸のすぐ前に手を伸ばして、ふきん掛けにふきんをかけた。頬に彼の温かい息がかかる。鼓動が一瞬乱れたが、彼女は認めなかった。

ジーンズで手をぬぐって、マリリーはジャスティンのほうを見た。彼は彼女をじっと見つめていた。

「なに？」

「君だ」

「私がどうしたの？」

「まだよくわからない」ジャスティンは謎《なぞ》めかして言った。それから、そんなことを口にすべきではなかったとでもいうように、眉をひそめ、ポケットに両手を突っこんだ。

明かりが一瞬、点滅し、すぐに真っ暗になった。

「ああ、むかつく」マリリーはつぶやいた。「動かないでね。ろうそくをとってくるわ」

ジャスティンはにやりとした。むかつく？　彼はくすりと笑った。

「なにもおかしくないわよ」彼女の声が聞こえた。

「笑ってなんかいないよ」

マリリーは嘘ばっかりと言いたげに鼻を鳴らした。それから、〝むかつく〟ではすまない、もっと乱暴な言葉が聞こえてきた。

「聞こえたよ」ジャスティンが言った。

「まさか初めて聞いたなんて言わせないわよ」

「言わない」

「よかった。これで今夜は、あなたの気分をくじいてしまったかしらと、良心のとがめを感じることなく、眠ることができるわ」

ジャスティンは声をあげて笑った。マリリー・キャッシュは愉快な人だ。この事実は、どう見ても、否定のしようがなかった。

そのとき、マリリーがマッチをすった。大きな赤いろうそくの先に一つ目の小さな火がともった。

「クリスマスのためにとっておいたのよ」マリリーはつぶやいて、ろうそくをキッチンテーブルに持ってきた。それからもっと出そうと、引き出しをさぐった。

やがてキッチンは、彼女がつけた何本ものろうそくのやわらかく温かい光に包まれた。

「あなたのことは知らないけれど、寝るには早すぎるでしょう。テレビを見たくても、停電だし……ゲームをするのはどうかしら?」

ジャスティンはにやりとした。ゲームだって?「一番最後にしたのは、たしか瓶をまわして、その口が向いた女の子にキスをしてもらうゲームだったな」

マリリーは目をくるりとまわして、テーブルのほうを指した。

「座って。すぐに戻ってくるわ」

マリリーは懐中電灯をとって、キッチンから出ていった。外から、小さな家の軒下を吹き抜ける風の音が聞こえる。だが、ジャスティンはこれまで味わったことのない、平穏で心地よい感覚にひたっていた。どうしてなのだろうと考える間もなく、彼女が戻ってきた。

「モノポリーよ」マリリーはゲームの箱をどさっとテーブルの真ん中に置いて、蓋《ふた》を開けた。

2

ろうそくの炎がゆらめき、さいころをつかんでころがすマリリーの顔に、影を映した。

「四だわ！」マリリーは勝ち誇ったように叫んだ。「四、進めるのよ！」

「いまいましいことに、ボードウォーク以外の所有地はすべて君のものになってしまったじゃないか」マリリーがます目を数えあげるのを見守りながら、ジャスティンはつぶやいた。

「勝ったわ。私の勝ちよね！」マリリーははしゃいだ声をあげて、椅子から飛びあがった。いかにもうれしそうに両腕を上げ、ちょっと踊ってみせた。

ジャスティンはにっこりした。どんなことにも負けるのは嫌いだが、てらいもなく喜んでいるマリリーの顔があまりにも無邪気で、負けを認めないわけにはいかなかった。

「そうだな。君の勝ちだよ」

マリリーがジャスティンのほうを向いた。両てのひらをテーブルの真ん中につけて、前かがみになる。その顔には、まだうれしさがみなぎっていた。

「徹底的にやっつけてあげたわよね」マリリーは言った。

ジャスティンは気がつくと、マリリーの唇に見とれていた。彼の顔からほんの数センチのところにある唇に向かって、衝動的に体が動いた。今夜ずっとくすぶっていた衝動だった。いきなりジャスティンは立ちあがり、テーブルをはさんでマリリーの指先に指先を触れ合わせ、彼女の唇になめに唇を重ねた。相手に避ける間を与えない、すばやく激しいキスだった。

マリリーはジャスティンの唇を受けて、はっと息を吸い、うめいた。彼のことはさんざん夢に描き、空想を重ねてきた。でも、この身をこがすようなキスと比べたら、そんな夢など、ものの数ではなかった。ジャスティンはマリリーの髪に手を差し入れ、うなじをとらえて前に引き寄せたが、彼女はあらがわなかった。マリリーがテーブルの上のモノポリーをわきにどけ、ジャスティンに体を近づけようとじりじり近づいていくと、ゲームの小道具が飛び散った。ジャスティンはあえぎながらうめき、マリリーの肩を押さえた。いつの間にかマリリーはキッチンテーブルの上にあおむけにされ、その上に彼がいた。これではいけないと我に返ったが、それも一瞬だった。ジャスティンの手がマリリーの体のあらゆるカーブをたどり、彼の唇は彼女の肌のあらゆる場所を這《は》った。そのあと、彼女は警戒心をすべて捨て去った。

一瞬だけ、ジャスティンも抑えがきかなくなっていると自覚し、やめなくては、とまじめに考えた。そのとき、マリリーがうめいた。彼に劣らず、彼女も夢中になっていると思うと、それが媚薬《びやく》のように働き、もう抵抗できなくなった。服をはぎ取り、マリリーの体をキッチンテーブルの上で奪うのはやめて、彼はテーブルからすべりおり、彼女を腕に抱きかかえた。

「ベッドだ」ジャスティンはつぶやいた。マリリーは彼のシャツのボタンをさぐっている。

「左よ」マリリーはささやいた。顎の下の喉元を彼にそっと噛《か》まれて、彼女はうめいた。

すぐにジャスティンはマリリーをベッドの上に寝かせた。自分も脱ぎながら、彼女の服を脱がせる。先に一糸まとわぬ姿になったのはマリリーで、ジャスティンもすぐに続いた。ベッドのわきは窓だった。一陣の風が古びた窓ガラスをがたがたゆらした。だが、二人の耳には入らなかった。外の吹雪など、中のすさまじさには比べようもない。ジャスティンに唇で体を奪われはじめると、彼女はあえいだ。彼女にとって初めての経験というわけではなかった。それでも、こんなに親密に、あらゆる場所に触れられるのは初めてだった。

「ああ、ジャスティン、私――」

ジャスティンはまた熱くキスをして、マリリーの言葉を封じた。ふたたび顔を上げたときには、彼女はもうろうとし、それは彼も同じだった。大人になってから、ここまで自分を抑えられなくなったのは初めてだ。とにかく彼女の中に身を沈め、みずからを解き放って、魂も砕け散るような快感を求めることしか考えられなくなった。ジャスティン・ウイーラーは望むものは必ず手に入れてきた。だから、当然のように彼はマリリーに体を重ねた。そして二人は天にものぼる至福のときに酔いしれた。

二人は一晩中、何度も体を重ねた。あるときはやさしく、あるときは激しく。ジャスティンには思いもよらないことだったが、マリリーはベッドに押し倒され、体を与えているだけではなかった。彼は知らなかったが、彼女は魂の限りを彼に捧《ささ》げていた。


次の朝、ジャスティンは目を覚ました。物音一つ聞こえない。すると、マリリーのやわらかな息づかいが聞こえてきた。彼は肘をついて半身を起こし、かたわらの女性を見おろした。昨夜、ろうそくの光の中の彼女は美しかったが、今もやはり同じように美しいと、心のどこかで認めていた。そして、心の別の部分では、僕はいったいなにをしてしまったのだろうと考えていた。実質的に赤の他人同然の女性とベッドをともにしたばかりか、ほかの女性には言ったこともないようなことを彼女に告げ、したこともないようなことをしてしまった。

こんなことはかつてなかった。

そう考えると、ジャスティンは恐ろしくなった。

あわててベッドから抜け出し、服を着はじめる。床にあったブーツをかかえ、部屋から出た。戸口でちょっと立ちどまり、うしろを振り返った。

マリリーはまだ眠っていた。片腕をベッドからたらし、もう一方の腕を枕《まくら》にしている。ずれた上掛けから片方の肩がのぞいている。ほっそりした乳白色の肩の曲線を見ていると、上掛けの下に隠れた美しい肢体が脳裏に浮かんでくる。彼女をキスで起こし、吹雪の中で宿を提供してくれた君のことは決して忘れないと言おうかと二度ばかり考えた。でも、そんなことをしたら、この家から帰れなくなってしまうのではないかと恐ろしかった。だから、彼は短い手紙を書き、モノポリーのお金が散乱しているキッチンテーブルの中ほどに置いた。それからブーツをはき、コートとキーをつかんで、家から出た。

通りは除雪が終わっていて、ジャスティンはほっとした。それでも、トラックに到達するまでには、ゆうに三十センチはありそうな雪をかき分けて行かなければならなかった。エンジンはすぐにかかった。四輪駆動で積載量七百五十キロのトラックのせいか、マリリーの家の車寄せからバックで出ることができ、そのまま振り返ることもせずに走り去った。

ジャスティンがラボック郊外に達したころ、マリリーはようやく目を覚ました。目を開けなくても、もう彼はいないのだとわかっていた。ベッドは冷たかったし、彼女の体も冷えていた。その冷たさが心にまでしみた。マリリーはうつぶせになって、むせび泣いた。

六カ月後

午後六時五分前、〈ロードランナー〉のメインダイニングルームは早めの休暇を楽しむ旅行者や地元の人々でごった返していた。日中は、五月にしてはかなり暖かく、涼しくなる気配はなかった。マリリーは日よけを下ろそうと、西側のだれもいないボックス席の上に体を傾けて、窓のほうに手を伸ばした。すると、椅子の背におなかがぶつかって、彼女は顔をしかめた。

「ごめんね、赤ちゃん」マリリーはおなかを軽くたたいて、つぶやいた。

この六カ月間、私は母親になるのよとマリリーは自分に言い聞かせ、そのことに慣れてはきたものの、今の体形では、これまでのように動けないということが頭からすっぽり抜け落ちてしまうことがあった。

「マリリー、その日よけは私がやるわよ」デリーはマリリーの背中をぽんとたたいて、言った。

「障害者じゃないのよ」マリリーは不服そうに言った。

「でも、あなたのことは障害者のように守ってあげたいのよ」デリーは片目をつぶった。

マリリーはほほえんで、グラスに水をつぎに行った。彼女が体にさわりそうなことをしだすと、ウエイトレスの仲間たちが飛んできて、もぎ取るように仕事をかわってくれる。そういうことは、これが初めてではなかった。その思いやりはうれしかったが、仕事がきちんとこなせないとカルヴィンに思われるのはいやだった。職を失うようなことになったら、どうしていいかわからない。

「注文があがったよ」カルヴィンは叫んで、料理を渡す窓口で小さなベルを鳴らした。

マリリーの担当テーブルの料理が四皿できていた。それらを運ぼうと、彼女はトレイにのせはじめた。

「それでは重すぎるよ」カルヴィンが警告した。

「あなたまで、そんなこと言わないで」マリリーは言った。

「いたわりの気持ちなんだよ、ハニー」

マリリーはありがとうと笑顔を見せたが、これまでしてきたように、トレイに料理をのせると、肩の高さに掲げて店の奥に運んだ。

カルヴィンはそれを見ながら、眉をひそめた。マリリーは赤ん坊ができたことも、おなかの子供の父親のことも、なに一つ話そうとしなかった。ある日突然、マタニティドレスを着て、職場にやってきた。涙一粒見せず、目を輝かせ、頭を高くもたげて。だれもなにも尋ねなかったし、彼女もなにも説明しなかった。二、三日が過ぎると、だれも変だと思わなくなった。今では、出産予定日は七月の終わりから八月の初めで、マリリーは入院費に備えて、客からもらうチップはすっかり貯金していることがわかっている。それ以上のことはすべて謎《なぞ》だった。

カルヴィンは自分の胸におさめていたが、赤ん坊の父親については、かなり確実な心あたりがあった。ジャスティン・ウイーラーだ。マリリーの家に泊まることになった、あの吹雪の夜まで、彼は毎週決まってこの店に来ていた。ところがそれ以後、彼は一度も姿を見せていないのだ。

「ろくでもないカウボーイが」カルヴィンはつぶやいて、グリルの作業に戻った。マリリーは注文の料理を客に運んでいった。

「皆さん、チキンフライドステーキですね」マリリーは言って、腹をすかせた四人の男性の前に料理を並べた。

「ありがとう、ハニー」一人が言って、ほほえんだ。「おなかが大きいみたいだね。男の子かい？　女の子かい？」

マリリーはため息をついた。「たぶん男の子だと思うのよ」

「ということは、おなかの赤ん坊の写真は撮ってもらってないのかな？　うちの女房なんか、どの子供のときも撮ってもらったよ。男か女かわからないのはいやだからって」

そうよ。わからないのは困るわ。マリリーは心の中でつぶやいた。「一度撮ってもらったわ。でも、そのときは、まだたしかなことがわからなかったの。お子さんは何人ですか？」

「四人だ」客は言って、にっこりほほえんだ。「みんな男の子だよ。女房は女の子が欲しいと思っているんだが――わざわざもう一人産んでまで、欲しいとは言っていないな」

「わかるわ」マリリーは言った。「ほかにご注文はありますか？」

「タバスコが欲しいね」

「すぐにお持ちします」マリリーは言って、踵《きびす》を返した。調理場に向かいながら、店の入り口に目をやった。

その瞬間、面倒なことになったわ、と覚悟した。ジャスティン・ウイーラーが入ってきたのだ。最初はショックを受けたが、それが動揺に変わり、怒りとなり、マリリーはなにも考えられなくなった。あらためてわいてきたのは怒りだった。彼女は顎をきっと上げ、タバスコの瓶をカウンターの下から出し、テーブルに置いた。

「ごゆっくりどうぞ」マリリーは言って、そばを通り過ぎる仲間のデリーに耳打ちした。「デリー、お願いがあるの」

「なんでも言って、ハニー」ウエイトレスのデリーは答えた。

「あの人の注文を聞いてほしいの」

デリーはマリリーが指さす先に顔を向け、眉をひそめた。

「でも、あの人、あなたのテーブルにいるじゃない。ほんとうに――」

「あの人がここに食事に来たのだとしても、私は給仕をしたくないの。でも、だれかがしなくてはならないでしょう」マリリーはぴしゃりと言った。「かわりに、こちらの二人連れの注文を聞くわ」彼女は席についたばかりのカップルのためにメニューをとりに行った。

デリーはそれを見て、ぴんときた。だれだか名前は知らないけれど、マリリーのおなかの子供の父親はあの男に違いない。一週間分のチップを賭《か》けてもいいぐらいだわ。デリーはカウンターの端からメニューをつかみ、足を乱暴に踏み鳴らして店を横切っていった。

ジャスティン・ウイーラーは気持ちの高ぶりを感じていた。〈ロードランナー〉に来たのは、ほんとうに久しぶりだ。マリリーに再会したら、動揺して、手も足も出なくなってしまいそうだったが、しばらく間隔をおいたせいか、とりあえずきまり悪い思いだけですんだ。あの朝、マリリーの家を出たとたん、ほんとうは彼女を起こすべきだったなと後悔した。そしてラボックに行くまでの道すがら、彼女に電話をしなければとしきりに思った。なのに、果たさなかった。その後、クリスマスが近づいたとき、吹雪の晩に泊めてくれたお礼にと花を贈ろうと思った。むろん、それ以上の意味はなかった。だが、せっかくそんなふうに考えながら、結局、なにもせずに終わってしまった。

次々とするべきことがあり、何週間かが過ぎたと思っていたのが、いつの間にか数カ月がたってしまった。ダラスに行った帰り、アマリロを避けてしまうのはなぜなのか、釈明してみるのだが、我ながら下手な言い訳でしかなかった。ようやく春になり、天気のいい今日、ここに寄って、マリリーに声をかけようと心に決めた。彼女のことなど、なんとも思っていないと確認したいためだった。彼女の家を出てから毎晩見る夢など、空想が夢に出てくるだけのことなのだと。

　ダイナーに足を踏み入れたとき、ジャスティンは、ほんとうは前からここに来たくてたまらなかったのだという自分の気持ちに気づいた。料理はおいしい――まあ、平均よりは上だ――し、店で働いている人たちはいつも親切にしてくれる。マリリーの担当テーブルを選んだのは、単に――そう、ほかの席は……ほとんど、いや、そこそこふさがっていたからだ。

　ジャスティンはカウボーイハットを脱ぎ、かたわらの席に、つばのあるほうを上にして置いた。髪を手櫛《てぐし》で整えていると、だれかが目の前にメニューをたたきつけるように置いた。

「お飲み物はなににしますか？」

　ジャスティンは顔を上げた。注文をきいてきたのはマリリーではなかった。だれであるにしろ、そのウエイトレスはいやそうな顔をしていた。

「アイスティーにしようかな」ジャスティンは言って、ウエイトレスににっこり笑ってみせた。

　ウエイトレスはにらんでくる。

　相手にほほえんだのに、にらみ返されたのは、ジャスティンには初めての経験だった。

「今日のお勧めはなにかな？」彼はメニューを開けずに尋ねた。

「ご注文は、アイスティーを持ってきたときにうかがいます」

ジャスティンはあっけにとられた。このウエイトレスがだれなのかはわからないが、この態度はどうにかしてほしい。そう思ったが、彼女が乱暴に足音高く離れていったとき、はたとあることに思いあたった。マリリーはもうここで働いていないのではないだろうか？　引っ越したのだとしたら？　もう二度と彼女に会えないとしたら、どうしたらいいのだろう？

突然、ジャスティンの額に冷や汗が噴き出した。動揺がひどくて、どうしたらいいのかわからない。

ああ、もっと早く来るのだった。

ジャスティンは胃が引きつる思いで、ダイナーを見わたした。すると、即座に動揺はおさまった。マリリーがいるではないか。店の反対側に。長い脚、頭の上でまとめたチョコレート色の髪を見れば、どこにいようと彼女のことは見分けがつく。こちらを向いてくれないかと期待しながら、彼は彼女の背中を見つめた。そのうち、やっと彼女がこちらを向いた。ジャスティンの頭は真っ白になった。彼女はなにからなにまで以前と同じだった。彼の記憶にあるとおり、夢に出てくるままだった。なのに、ただ一点、明らかに違うところがある。妊娠しているではないか。

「ああ、なんてことだ」ジャスティンはつぶやいた。骨が粉々になったような気がした。

あの夜のこと、二人で繰り返し愛を交わしたときのことを考えてみた。僕は避妊具を使わなかった。たしかに、軽率だった。でも、初めからベッドをともにするつもりでいたのではない。それに、彼女のほうで避妊の処置ぐらい講じているだろうと思いこんでいた。彼女ぐらいの年齢の女性だったら、そういう心得はあるものだ。マリリーはバージンではなかったし、積極的にその気になっていたではないか。

そこまで考えて、理性を取り戻した。僕はいったいなんてことを考えているんだ？　彼女のベッドで一夜を過ごしたからといって、相手が僕だけだとは限らないではないか。おそらく、何人もいる相手の一人にすぎないのだろう。でも、そう考えるそばから、それは違うだろうとわかっていた。ふしだらな女性ならいくらでも知っているが、マリリー・キャッシュは、どう考えても、そういうたぐいの女性ではなかった。

そのとき、別の考えが思い浮かんだ。僕はなにを思い違いしていたんだ？　あれから六カ月はたっている。そうだ。マリリーは結婚したかもしれないではないか。そう考えたとたん、気分が暗くなった。彼女に結婚なんかしてほしくない。だれか別の人の腕に彼女が抱かれるなんて、想像するのもつらかった。

とすると、おまえはいつから彼女とかかわりたいなどと思っていたんだ？　そのつもりなら、機会はあったんだぞ。なのに、〝ありがとう〟の一言も言わずに出てきたではないか。彼女はおまえになんの借りもない。ことに、終生の誓いなど。

そんなふうに言い訳してみても、なんの助けにもならなかった。ジャスティンは店の向こう側にいるマリリーを見つめた。結婚指輪をしているかどうか確かめたかったが、よく見えなかった。

やがてウエイトレスが戻ってきた。アイスティーのグラスをどんとテーブルに置く。ジャスティンはほんとうに首をすくめたくなった。

「ご注文はまだ決まってなさそうですね？」彼女が尋ねた。

「ああ。ちょっと考えてみようかなと思っている」ジャスティンはつぶやいた。

「人から勧められる前に、自分で決めてもらわないとね、お客さん」

ジャスティンは目を細めて、ウエイトレスの顔を見つめた。このぶしつけなウエイトレスの態度の裏には、なにかありそうだぞと彼は思いあたった。

「マリリーと話がしたいんだ。僕が来ていることを伝えてもらえないだろうか？」ジャスティンは言ってみた。

「あら、彼女はとっくに知ってますよ」

それを聞いて、ジャスティンはみぞおちに拳骨《げんこつ》をくらったような気がした。一瞬、考えがまとまらなくなった。そういうことだったのか。なんてことだ。彼女に無視されるなんて、とんでもない。彼はメニューをわきへ押しやり、カウボーイハットをつかんで頭にひっかぶると、座席から立ちあがった。

「もうお帰りですか?」ウエイトレスが尋ねた。

ジャスティンはにらみつけた。「マリリーと話をつけるまでは、どこにも行かない」そうつぶやくと、彼女を押しのけて進んだ。

デリーは眉をひそめた。この男がこういう態度に出るとは予想外だった。彼女の経験からすると、女性を苦しめるような男は話などしたがらないものだ。デリーはマリリーに注意しておきたいと思ったが、遅すぎた。ジャスティンはもう彼女のもとにたどり着いていた。


ジャスティンがそばに来たとき、マリリーは客の注文を聞いているところだった。

「フライドポテトはおつけしますか?」マリリーは尋ねた。

「マリリー、話があるんだ」ジャスティンが言った。

テーブルにいた二人連れは少し驚いた顔を見せた。マリリーが注文を聞いていた相手の男性は答えをためらっている。マリリーの体は熱くなり、その熱が首から頬へと伝わった。それでも注文票とペンを手に、ジャスティンの言葉など耳に入らなかったかのように、彼女は客の顔をまっすぐに見つめて立っていた。

「ああ、そうだね。そうしよう」客の男性が言った。

「フライドポテトですね」マリリーは言って、その妻にほほえんだ。「で、奥様はどうなさいますか？　やはり、フライドポテトをおつけしますか？」

「マリリー！　話があると言っているだろう」ジャスティンがつぶやいた。

マリリーは大きく息を吸い、客の女性から目を離そうとしない。

「フライドポテトはからっと揚がったおいしいものかしら？」女性が尋ねた。

「ええ、おいしいですよ」

「だったら、それをお願いするわ」女性は答えて、ウエイトレスの向こうに、調理場をさえぎるようにぬっと立つ、長身のカウボーイを見つめた。

「かしこまりました。アイスティーのおかわりをお持ちしますね」マリリーは言った。

マリリーはくるりと振り向いて、ジャスティンのわきをすり抜けた。まるで彼が椅子にしか見えず、この椅子はじゃまだわ、迷惑なこと、とでも言いたげな態度だった。彼女はすまして通路を進み、注文票を渡すと、アイスティーのピッチャーを持って、テーブルに戻っていった。ジャスティンはそのあとにぴったりついていく。

「おかわりはいかがですか？」マリリーは尋ねながら、あちらこちらのテーブルでアイスティーをついでまわり、二人連れのテーブルにふたたびやってきた。二人のグラスにアイスティーをついでいるとき、ジャスティンに腕をつかまれた。

「ひどいじゃないか、マリリー。僕のほうを見てくれよ」

マリリーはグラスいっぱいにつぎ、興味津々の客にはかまわず、視線を上げた。

「なにか？」

マリリーの怒りや恐れの理由は見当がついていても、ジャスティンはたじろいだ。それでも彼は尋ねずにはいられなかった。

「口のきき方を忘れたのかい？」

「あなたのほうが忘れているんじゃないかしら」マリリーはゆっくりと言った。

さようならも言わずに彼女の家から立ち去ってしまったジャスティンへの、強烈なしっぺ返しだった。そして実を言えば、そう言われるのも当然なのは彼もわかっていた。

「ちょっと、話がしたいんだ」

「仕事中ですから」

ジャスティンはマリリーのおなかに目をやり、その視線を顔に戻した。

「妊娠中でもあるね」

「そうよ。男性とベッドをともにすれば、そういうことも起きるでしょう」

テーブルの女性がくすっと笑った。その夫は眉を寄せ、彼女に向かって首を振る。だが、遅すぎた。その笑い声はジャスティンの耳にも入ってしまった。彼は客の女性をにらみつけ、マリリーに視線を戻した。

「僕の言葉の意味はわかっているはずだ。まったく。話してくれるつもりはあるのかい、ないのかい？」

騒がしいダイナーの奥のほうで、カルヴィンが注文の料理ができたとベルを鳴らしている。マリリーはジャスティンを押しのけようとしたが、今度は彼もされるがままにはならなかった。彼女の腕をつかみ、大声は出さないように気をつけた。

「その赤ん坊は僕の子なのか、どうなんだ？」

「失礼します」マリリーはアイスティーの入ったピッチャーを置いて、二人連れの客にほほえみかけた。それから手を大きくうしろに引いて、ジャスティンの顔をぴしゃりとはたいた。その音が、ざわざわしていたダイナーの客の間に銃弾のように響きわたった。

店中がさっと静かになった。マリリーはピッチャーを取りあげ、調理場に向かった。足をとめることなく、いろいろ付け合わせが盛られたチキンフライドステーキを三皿、手にとり、そのまま担当する別のテーブルに向かった。すぐうしろをジャスティンがついてきているのは承知のうえだった。あたりは水を打ったように静まり返っている。客という客が、食べるのも忘れて、目の前で繰り広げられるドラマチックななりゆきを見つめていた。

「おい、マリリー！　返事を待っているんだぞ！」ジャスティンは叫んだ。

マリリーは、一人の男性客とその十代の息子二人のテーブルに料理を置いた。

「ほかになにかご注文はありますか？」

三人の客は少し緊張の色を見せたが、あわてて首を横に振った。

「ごゆっくりどうぞ」マリリーは言って、また調理場に向かった。

ジャスティン・ウイーラーは人にかしずかれるのをあたりまえのこととして暮らしてきた。こんなふうにへこまされたのは初めてのことだ。またしてもマリリーは彼に背を向ける。彼はいきなり大声を出した。

「マリリー、すぐに手をとめて、僕に答えてくれなければ、後悔することになるぞ」

マリリーは立ちどまり、ジャスティンのほうを向いた。これ以上憤りを隠しおおすことはできなかった。

「後悔ですって？」彼女は金切り声をあげた。「私が後悔する？　さんざん私をこけにしておいて、まだたりないというの？」

マリリーの激しい怒りにひりひりするような思いを味わいながらも、ジャスティンはどうしても答えを聞きたかった。

「つまり、君のおなかの赤ん坊は僕の子供なんだな？」

マリリーはジャスティンのほうに歩み寄った。彼の鼻先で立ちどまり、帽子を脱がせて、彼に渡した。そして彼の頭の上からピッチャーに残ったアイスティーをゆうゆうと注いだ。冷たい液体がジャスティンの髪から目の中に流れていく。彼はショックで、ただ突っ立っていた。店中の客がいっせいにあえぎ声をあげる。ジャスティンは腹を立ててもおかしくないところだった。だが、表情を見れば、マリリーこそ傷ついているのだとわかる。彼は急に心のとがめを感じた。大勢の関係のない人を前にして、マリリーの品行を糾《ただ》してしまったのだ。僕はいったいなにを考えていたんだ？　そう思うと、ため息が出てきた。まずいことになったぞ。六カ月前モノポリーをして、マリリーが飛びあがって〝勝ったわ〟と叫んだとき以来、ジャスティンの理性は働かなくなっていた。

「マリリー、僕は――」

マリリーは背を向けて歩み去った。調理場から出てきたカルヴィンの横を通り抜ける。

「いったいなにがあったんだ？」カルヴィンが尋ねた。

マリリーは足をとめようとしない。

そのときジャスティンは、自分のせいで、彼女を恥ずかしい目にあわせてしまったことに気づいた。そのうえ、雇主との関係まで悪くなるかもしれないのだ。そんなことをさせてはならない。

「なんでもないんだ」ジャスティンはあわてて言った。「ちょっとアイスティーがこぼれてしまったが、悪いのは、僕のほうだったんだ」

「あら、ようやく彼も理屈に合うことを言いだしたようだわ」女性の客が言った。

「ロレッタ、口をつつしみなさい」男性の客がたしなめて、ジャスティンのほうを見やり、肩をすくめた。僕の手に負えなくて、とでも言うようだった。

「モップをとってきます」マリリーを追って、デリーまで調理場に入ってしまったので、別のウエイトレスが言った。

マリリーは心がずたずたにされたような気がした。調理場にたどり着くまで、やっとのことで、むせび泣きをこらえていた。両手を広げて、おなかをかばいながら、よろめくように休憩室に入り、泣きはじめた。六カ月前、マリリーが目を覚ましたとき、ジャスティンは去っていて、彼女は一人ぼっちになっていた。この涙は、あのときに流すべき涙だった。心を突き刺す涙で、彼女はなにも見えなくなり、ただただ苦しかった。こんな姿をジャスティンに見られたくはない。マリリーは急いでエプロンをはずし、身のまわりのものを集めた。ともかく、ここから逃げ出すのだ。取り返しがつかなくなる前に。

すると、デリーが休憩室に飛びこんできた。

「あの人なのね？」デリーは強い口調でささやいた。

マリリーはロッカーを開け、バッグを取り出しながら、うなずいた。

「ねえ、一つ否定できないことがあるのよ。あの人は面倒なことから逃げて、知らん顔をするだろうと思っていたけど、そうではなかったわ」デリーは言って、さらに付け加えた。「でも、私はあくまであなたの味方よ。家に戻ったらいいわ。ここは私たちでうまくやるから。カルヴィンのことも大丈夫よ」

マリリーはデリーのほうを向いて、しゃにむに抱きついた。「ありがとう」彼女はつぶやいた。

「そのための友達じゃないの」デリーが言った。「さあ、彼にもう一騒ぎ起こされて、涙がかれてしまわないうちに、帰りなさい」

マリリーは片手に車のキーを握り、肩からバッグを下げて〈ロードランナー〉から出ていき、車に向かった。ジャスティン・ウイーラーがこのまま引きさがるはずがないのはわかっていたが、決着をつけるのは、自分のホームグラウンドにしたかった。

ジャスティンはカルヴィンにあやまりながら、ウエイトレスを手伝っていた。マリリーに頭からかけられたアイスティーをモップでふいているのだ。そのとき、なにげなく窓の外をのぞいた。一度しか見たことはなかったが、マリリーのぽんこつ車なら見分けがつく。その車が駐車場から猛スピードで出ていくではないか。

ジャスティンはモップをカルヴィンに渡した。

「行かなくては」ジャスティンは言って、出口に突進した。

ダイナーの真ん中あたりで、突然、叫び声があがった。「今、彼女を追いかけていかなかったら、人生最大の過ちを犯すことになるわよ」

ジャスティンは走りつづけた。彼にはもうわかっているのだ。だれにも、それ以上言われる必要はなかった。

3

ジャスティンが駐車場から車を出したとき、マリリーのぽんこつ車は一ブロック先の角を曲がって、見えなくなるところだった。彼女の車を見失ってはならないと、アクセルを力いっぱい踏みこみ、車線変更する。彼女の家に行ったことはあるが、あのときは吹雪だったし、翌朝帰るときは、頭がもうろうとしていた。住所がわからないのに、もう一度さがすことは、まずできそうもないと思った。

角を二度曲がり、五ブロックほど進んだとき、またまた彼女は急ハンドルで角を右に曲がった。ジャスティンも角を曲がったが、もう彼女の車は影も形もなかった。がっくりだった。スピードを落とし、彼は三軒ある煉瓦《れんが》造りの家の前を走った。一軒は緑と白の牧場風の平屋で、ベランダが広く造られている。次は広大な黄色の家だった。だが、角に立つ小ぶりで枠を白く塗った家が目に入ったとき、見たことがあるぞと記憶がよみがえった。たしかに車寄せにあるのはマリリーの車だ。ジャスティンは急ブレーキをかけて、すばやく左に曲がった。そしてエンジンをとめ、ほっと大きくため息をついた。

車から出ようとして、ジャスティンはためらった。必死に考えをまとめようとする。はらわたがよじれ、手が震えている。どういうふうに口を開いたらいいのかわからず、こわくてたまらない。こんな気持ちは初めてだった。僕は大変なことをしでかしてしまった。ほとんど知らない女性を身ごもらせてしまったのだ。でも、僕はそういう状況に知らん顔できるような男ではない。カウボーイハットをいつもより深めにかぶり、ジャスティンはピックアップトラックから降りて、玄関に向かった。

マリリーはバスルームの冷水で顔を洗っていた。玄関のドアをノックする音が聞こえる。タオルをつかんで、鏡に映る自分の顔を見つめた。涙で目は赤く腫《は》れており、化粧はめちゃくちゃだった。

いいわ。こんな私を一目見れば、ジャスティンは二度となにも言ってこないでしょう。やっかいごとはもうじゅうぶんだわ。

ふたたびノックする音が聞こえる。さっきより音は強くなっていた。マリリーはため息をついた。避けられないことをずるずる引き延ばしても、しょうがない。マリリーは顎をきっと上げ、くるりと身をひるがえして、玄関のドアに向かった。

「なんなの？」マリリーは気を引き締めて言った。

ジャスティンはひるんだ。彼女は泣いていたのだ。ため息が出てくる。そうか、それはそうだ。マリリーが泣くのもあたりまえだろう。僕はみんなが見ている前で、ゆうに五分以上も彼女をどなりつけてしまったのだ。神様も見ていたさ。

「マリリー、あやまるよ」

「なんのこと？　私の仕事場で大騒ぎをしたこと？　それとも私を妊娠させたことを言っているの？」

「君をどなってしまったことだ」

「わかったわ」マリリーはつぶやいて、ドアを閉めかけた。

鼻先で閉められる寸前、ジャスティンはドアを押さえた。中に入って、カウボーイハットを脱ぎ、ドアわきの帽子掛けにかけた。そういえば、前にも同じことをしたなと思い出した。吹雪の夜、彼女が泊めてくれたときだ。ジャスティンは心を決めて、彼女の顔を見つめた。その真剣な気持ちが声に表れていた。

「話がある」

「なんの話？　もうあなたの言いたいことはだいたい聞いたと思っていたわ」

ジャスティンはドアをうしろ手に閉めた。だが、マリリーはキッチンに向かっていく。

彼は眉をひそめた。先延ばしにはしたくないので、あとについていった。

「のけ者にしてもだめだからな。このことは僕にも知る権利があるんだ」

マリリーは憤りをむきだしにして、彼のほうを向いた。

「よくもそんなことが言えるわね。私だって、そう思ったわ。でも……あなたはさよならも告げずに、私のベッドから逃げ出して姿を消したのよ。だから、欲しいだけ私をむさぼりつくしたと思われてもしかたないでしょう」

ジャスティンは顔を赤らめたが、引きさがらなかった。

「実は、あれ以来、そのことを悔やまなかった日は一日としてなかった」

そんな言葉が信じられるものですかと言わんばかりに、マリリーは顔をしかめた。実際、そんな顔を見せられても、ジャスティンには彼女を非難する資格はなかった。

「わかったわ。臆病風《おくびょうかぜ》を吹かしたことを悔やんでいるのね。そして仕事場で私に恥をかかせたことも悪いと思っているんでしょう。お詫《わ》びの言葉はわかりました。悪いけれど、今日はこのくらいにしてもらえないかしら。これ以上お詫びを言われても、一日で消化することはできないわ」

「お願いだ……ハニー、僕は――」

「あなたにハニーと呼ばれる筋合いはないわ」

マリリーのあまりの冷たい表情に、ジャスティンは驚いた。まるで憎しみの表情という感じだった。

「マリリー?」

マリリーは憤慨して、胸の前で腕を組んで立っている。そういう姿勢をとると、おなかのふくらみがいっそうめだった。といって、体全体は前よりやせているぐらいだった。

「お願いだ」ジャスティンはくいさがった。「座って、話をしてくれないか?」

マリリーは乱暴に足を踏み鳴らしながらリビングルームに行き、ソファに腰を下ろした。ジャスティンもその隣に座ろうとすると、彼女ににらまれた。彼はしかたなく椅子に腰かけることにした。コーヒーテーブルが二人を隔てている。ジャスティンはマリリーの顔を見つめた。しだいに彼女の憤怒《ふんぬ》の形相はゆるみ、その視線が床に落ちた。

「じゃあ、もう一度きくよ。でも、お願いだから、気を悪くしないでほしいんだ」

マリリーは見あげた。

「どうして僕に教えてくれなかったんだ?」

「あなたが住んでいるところも知らないのよ。実際、名前以外は、なにもあなたのことを知らないわ。まあ、ご両親のことについては少し話してくれたわよね。それと、ほほえむと、左の頬にえくぼができることぐらいは気がついたけど。だいいち、こんなことになったのは、私が悪かったからなのよ。だから、私の問題なの。自分で始末をつけるわ」

「ご家族は知っているのかい?」ジャスティンは尋ねた。

「家族はいないわ。思い出した?」

自分の顔が赤くなっているのをジャスティンは意識した。マリリーが話してくれた彼女の私生活のことはなに一つ覚えていない。覚えているのは、彼の腕の中で彼女がどんなふうに反応したかということ、そして彼女によって自分が世界を征服したような気分にさせられたことぐらいだった。

「そうだね。悪かった。どうやら忘れていたよ」

マリリーは答えなかった。答える必要もないのだ。ジャスティンがへたな言い訳をしていることはとっくにお見通しだった。そして、ジャスティンのほうも、彼女にそう思われているのはわかっていた。彼が彼女をベッドに連れこんだのだ。彼にしてみれば、その場限りのつもりだった。ところが不幸なことに、マリリーのほうは、そこからが始まりだと思っていた。ジャスティンは大きく深呼吸した。こういう状況になるとは思ってもいなかったが、これまで面倒なことが起きて、逃げ出したことはなかった。だから、今もそんな卑怯《ひきょう》なまねをするつもりはない。しかも、自分の第一子の誕生がかかわっているなら、なおさらではないか。

「マリリー、君にいろいろ苦しい思いをさせてしまったのは悪かったよ。もしできることなら、たった今、その苦しみを全部、かわって引き受けられたらと思う。でも、君もわかるように、そんなことはできない。ただ、君の重荷を軽くすることなら、なにかできると思うんだ。だから、そうさせてもらえるのだったら、謹んでさせてもらうよ」

マリリーは肩をすくめた。「私のかわりに出産してもらうわけにはいかないわ。そんなことができるわけがないのは、二人ともわかっていることよね。だったら、あなたにできることなどあるかしら」

「僕と結婚してくれればいい」

そんな言葉を聞くとは考えてもいなかった。マリリーはあっけにとられて、目を大きく見開き、口を開けた。彼からそういう言葉を聞くとは。いきなり部屋が明るく感じられ、唇がからからになった。どうしたらいいのかわからず、彼女は泣きはじめた。大粒の涙が静かに頬をころがり落ちていく。

「マリリー……泣かないでくれ」ジャスティンは椅子から立ちあがった。隣に腰かけようとしたが、彼女にとどめられた。

「来ないで」マリリーは言った。ショックで体が震えてくる。妊娠の事実に気づいたときも、同じように体が震えた。ショックを受けると、体が震えるのは経験ずみだった。ショックはやがて薄らいでいくけれど、おなかの赤ん坊はどんどん大きくなるばかりだ。

やがてマリリーは横から刺すような目つきでジャスティンを見つめた。その視線の鋭さに、彼は彼女といっしょになって泣きたくなった。

「どうして?」マリリーは尋ねた。「知りもしない女、しかも、気にもかけなかった女と、どうして結婚したいなんて思うの?」

そんなふうに詰問されて、ジャスティンはひるんだ。でも、マリリーの言っていることは真実ではないと、彼は心のどこかで認めていた。彼女のことは気になっていた。ただ、その気持ちを確かめるのに手間取ってしまったのだ。しかし今、僕がどういう言い方をしても、マリリーは哀れみとしか受け取らないだろう。ここはありのままを言うしかないとジャスティンは思った。

「たがいにあまりよく知らないのは、たしかだ。でも、たいした理由もなく結婚するような人はざらにいる。僕たちのことで明言できることは二つある。どちらも反駁《はんばく》のしようがないことだ。君のおなかには僕の子供がいる。その子を君一人で育てさせるわけにはいかないんだよ」

その瞬間、マリリーの心に壁のように立ちはだかっていた不安の塊にひびが入った。ジャスティンは彼女がなによりも不安に思っていたことを吹き飛ばす言葉を口にしたのだ。その不安とは、一人ぼっちで子供を育てられるだろうか、それなりの環境で子供を育てる経済力を持てるだろうか、といったことだ。もっとも、彼女がその申し出に応じるとしたら、これだけは守りたいと思っていた大切なものを捨て去らければならない。自分のプライドを。

ジャスティンははらはらしながら待った。マリリーの表情からは、考えていることがわからない。そして、いつまでたっても、彼女は口を開こうとしなかった。のっぴきならないことになりそうだぞと彼が思った瞬間、マリリーが大きく息をついた。彼女になにを言い渡されるのかと、ジャスティンは身構えた。

「できることなら、子供は二人の親が愛情をこめて育てるのが最善だと思うのよ」マリリーが言ったので、ジャスティンは口を開きかけた。すると、彼女は手を上げた。「まだ続きがあるの」

ジャスティンはじっとしていられない気がした。笑いだしたいような、泣きだしたいような衝動のはざまで引き裂かれそうだった。それでも、彼は待った。彼女の言い分は聞かなくてはならない。

「ジャスティン、私は〝二人の親が愛情をこめて〟と言ったけれど、あなたが私を愛してくれるようになるとは思っていないわ。でもね、これは希望であって、要求ではないけれど、私自身のことや私の育ちのことで、さげすむような言葉を、子供の耳には入れてほしくないの。それと、あなたの家族のことはわからないけれど、あなたと結婚したあとに、とやかく欠点をあげつらわれるのはいやなの。あなたからも、お父様からもお母様からも、だれからもよ。家柄の釣り合いがとれないというだけで、低く見られるのはまっぴらなの。私の言うことがわかるかしら？」

その瞬間、ジャスティンは不思議な感慨にとらわれた。あとになって、あのとき僕は得意になっていたのだと思いいたった。顔には出さなかったが、心の中で、この女性こそ自分の伴侶《はんりょ》にふさわしい人だと思ったのだ。

ジャスティンはうなずいた。「承知しました、奥様。僕にはいささかも異存はないよ。

じゃあ、ここで誓っておこう。誓いを破るようなことはぜったいにしない。君と結婚したその日から、家柄ゆえに僕に与えられる名誉は、君にもともに分かち合ってもらう。君のことは全力で守るし、安全も保証する」

「あなた、ガールフレンドはいるの？」マリリーが尋ねた。

「ええと、いないよ」

「私に嘘《うそ》はつかないでね」マリリーは警告した。「私、嘘というものが許せないの。浮気もよ。夢のような結婚はできないかもしれないけれど、表面を取り繕うだけのものではいやなの。それがかなわなかったら、この話はなしよ」

ジャスティンは真っ青になった。「ガールフレンドみたいな人はいないよ」

「だったら、いいわ。あなたと結婚します」

ほっと安堵《あんど》して力が抜け、ジャスティンはマリリーを抱き寄せようとした。ところが、またもや彼女は身を離した。

「体には触れないで。むろん、あなたが心から望むようになれば、話は別よ。行為だけを求めたり、義務を果たしたりするためだけにセックスはしたくないの」

ジャスティンは驚いて顔をしかめた。「以前の僕たちと今の僕たちでは、どこがそんなに違うのかな？　あのときは僕が抱いても、キスしても、君は腹を立てたりしなかったよね」

マリリーは顎をつんと上げ、涙に光る目できっとにらんだ。

「でも、あのときはあのときよ、ジャスティン。あのときは、あなたも私と同じように思っているのだと誤解していたの」

そう言うと、マリリーは立ちあがった。ジャスティンもそれにならった。また彼女に逃げ出されては困る。だが、彼女は逃げ出したりせず、ジャスティンの胸に指をあてて、ほんとうのことを打ち明けた。ジャスティンとしても、それは受け入れざるをえなくて、結局、手も足も出せなくなった。

「これまで一度も、セックスが目的の行為はしたことがないの。ほんとうに愛情を感じた人と、ほんの数回、愛を交わしたことはあるわ。残念だけど、あなたとのことは私の判断ミスだった。だから、もう二度とそんなことは起こらないわ」

マリリーはその場を離れた。ジャスティンはあわてた。彼女は結婚するとは言ったが、まるで二人が別の世界にいるみたいな気がした。

「どこに行く？」ジャスティンは尋ねた。

マリリーは立ちどまり、冷たく、さぐるような視線を彼に向けた。

「頭痛がするの。それに足もむくんでいるわ。痛みをやわらげる薬をなにかのんで、少し横になるわ。今日は一日楽しいこともあったけれど、これ以上はもう耐えられない」

「待ってくれ」ジャスティンは頼みこんだ。

「なに?」

「赤ん坊は?」

「赤ん坊がどうしたの?」

「君は、調べたのかい? その……ほら、つまり、女の子かい、男の子かい?」

「性別がそんなに重要?」マリリーは尋ねた。

「いや」

マリリーはけわしい表情を少しやわらげた。といっても、無作法なことはしたくないからというだけのことだった。「ええ。超音波で調べてもらったのだけれど、性別はわからなかったわ」

「そうか。なら、いいんだ。ただ、きいてみようと思っただけだから」

「でも、男の子の可能性が高いとは言われたわ」

マリリーは歩き去った。やせぎすで、おなかだけ大きくせり出した女性、僕の妻になる女性が。ジャスティンはどさっと腰を下ろして、大きく息をついた。

息子か。男の子なら、どうする? ジャスティンはふいに、馬の乗り方や、とかげを捕まえたり、凧《たこ》を揚げたりするやり方をその子に教えているところを思い浮かべた。

なんということだろう。今朝ダラスを出るときは、ちょっと挨拶《あいさつ》するだけのつもりで、それ以上のことはたいして考えていなかった。なのに、その夜には、我が子を身ごもった女性に結婚すると誓ってしまった。あたふたしながらも、ジャスティンは恥じていた。心のどこかでは、初めから彼女に好意を感じていたのはわかっていた。あの吹雪の晩、せっかく僕を泊めてくれた彼女の親切に、僕はつけこんでしまったのだ。彼女のことを心にかけていたつもりだったが、彼女のほうは、はるかに強く僕のことを思っていたのだ。ほんとうに面目ない。

ジャスティンは髪をかきむしりながら、いらいらとため息をついた。まあ、少しは慰めになることがあるとしたら、今、僕がそのことで苦しんでいることだろう。二人の間には大きな溝がある。ジャスティンにはそれがたまらなかった。マリリーの顔があのときのようにもう一度輝くところを見たい。彼女の目が笑うのを見たい。どうすればいいのかはわからないが、彼女にぜったいに喜びを取り戻してやろうと彼は心に誓った。たとえどんなに時間がかかろうとも。そのときふと、両親のことが頭に浮かんだ。マリリーと結婚すると言っても、簡単に認めてはくれないだろう。身を固めるようにと何年も前から言われてきたが、こんな形でとは考えていないに違いない。

とはいえ、そんなことはどうでもいいことだとジャスティンは気づいた。僕が忠誠を誓った相手はマリリーだ。それを両親が気にいらないと言うのなら、二人にはオースティンに帰ってもらうことにしよう。もともと二人の住まいはオースティンにあるのだから。僕だってもう三十二歳だ。今、僕の眼中にあるのは、マリリーの好意を勝ち得ることだけだ。

もっとも彼女のほうは、僕の顔を見るのもいやだと思っているが。

マリリーはたんすの引き出しからたたんである下着類を出し、ベッドの上のスーツケースに運んだ。それを清潔なTシャツやスポーツ用ソックスの間に詰める。

「君の鞄《かばん》は玄関のドアのそばに置いたよ」ジャスティンはベッドルームに入ってきて言った。「明日の朝、トラックに積みこむから」

マリリーは振り返って、入りこんできた男性を見つめた。今朝の十一時ごろ、彼と夫婦になったばかりで、まだしっくりこない。そのへんで待っているからと言って、ドアから出ていってくれないかしらと願うばかりだった。

「わかったわ」マリリーは言って、引き出しから残りの衣類を出しはじめた。

「残りのものは送るように手配してもいい」ジャスティンは言ったが、実際のところ、ここにある家具をどうするかまではわからなかった。

「大事なものは全部持っていくわ。この家にはデリーが引っ越してくることになっているの。大家さんにも連絡してあるのよ。だから、家具類は置いていくつもりなの。彼女は離婚してから、お母様のところで暮らしていたから、引っ越しができるのをとても楽しみにしているのよ」マリリーは言いながら、私も同じ気持ちになれたらいいのだけど、と思った。

「ずいぶん気前がいいんだね」ジャスティンは言った。

マリリーは荷物を詰める手をとめて、まじまじとジャスティンの顔を見つめた。「そうでもないのよ。ただ、そのほうが都合がいいでしょう。私には必要ないけれど、彼女には必要ですもの」そう言って、マリリーは言い添えた。「それに、あなたの暮らしぶりと私の暮らしぶりとでは、南極と北極ほどの違いがあるような気がするの。がらくた市で買ったような家具なんか、あなたの家には置けないでしょう。私本人もそうでしょうけれど」

自分がジャスティンには釣り合わないとマリリーは前にも言っていた。そんなことをまた言うなんてと、ジャスティンは腹立たしくなった。

「自分をおとしめるような言葉は君の口からもう聞きたくないな。いいね？」

マリリーはびっくりした。ジャスティンが本気で怒っているのが意外だった。そしておかしなことに、胸がいっぱいになった。彼女はため息をついて、うなずいた。

「ええ。もっとも、あなたはいつまで、そんなふうに肩入れしてくれるかしらね。二人がいさかいをするようになったら、どうなるかしら」

ジャスティンは目を細め、唇をぎゅっと閉じた。マリリーの体をゆすってやりたかった。

「どうなるか見てみようじゃないか。それでいいな？」ジャスティンはぴしゃりと言って、マリリーを部屋に残し、出ていった。

「まあ、うまくおさまったのではないかしら」マリリーはつぶやいて、ヘアドライヤーをランジェリーの上にほうった。「あれが初めての喧嘩《けんか》と言えるほどのものかどうかはわからないけれど」

その後、二人は口をきかなかった。マリリーが寝支度を始めたころにやっと、彼女がびくびくしていることに、ジャスティンは気がついた。

マリリーがバスルームからネグリジェを着て出てくると、ジャスティンは自分のスーツケースからなにか出しているところだった。彼女はびっくりして、部屋着をさがしたが、もう部屋着はスーツケースに入れてしまっていた。今着ているネグリジェは着古したもので、生地は薄く、見せたくない体の一部まで見えてしまう代物だった。身をひるがえして逃げ出したいところを、マリリーはやっと我慢した。困ったわ。ジャスティンのことは信用できないし、これからも子供の父親としての義務しか期待していない。それでも、こんな格好を彼に見られるのは気が重かった。

ところがジャスティンのほうは、マリリーの体を見ながら、彼女とはまったく逆のことを考えていた。おなかが大きいのはわかっていたが、たしかにネグリジェから浮き出ている体の線に目を奪われた。僕のものなのだと胸がいっぱいになる。まじまじと彼女の体を見つめている自分に気がついたが、彼は視線をはずすことができなかった。僕の子供、いや、僕たちの子供が彼女のおなかの中にいるのだ。ジャスティンは視線を上げて、マリリーの顔を見た。その顔には、抱き合って愛を交わした——赤ん坊をつくった——日のことを、彼女も思い出しているのだと書いてあった。

「私の体、あなたが覚えているのとはずいぶん違うでしょう?」マリリーは恥ずかしいのを隠すように、皮肉っぽく言った。

「君はほんとうに美しいよ」ジャスティンはささやいた。だが、それを聞こえるように口に出してしまったのがショックで、あわてて反対側を向き、ふたたび荷物をさぐりはじめた。いったいなにをさがしていたのか、もう忘れてしまっていたが。

マリリーはびっくりしたが、心の中ではうれしかった。ジャスティンは信用ならないが、そういう言葉を聞けたのは、なんといっても気分がよかった。

「バスルームが空いたわよ。今度はあなたが使ってちょうだい」マリリーは言った。

ジャスティンは身を起こして、マリリーのほうを向いた。マリリーはベッドの端に座って、枕《まくら》に寄りかかっている。少しして、彼女は体の位置をずらし、またずらした。気おくれしているのが見て取れた。

ジャスティンが近寄ろうとすると、マリリーの顔がゆがんだので、彼はびっくりした。

「具合が悪いのかい?　痛む?　なにか持ってこようか?」

マリリーは思わずほほえんだ。その笑顔を見て、それが心からのものなのかどうか教えてもらえるのなら、なにをあげてもいいとジャスティンは思った。

「大丈夫よ。赤ちゃんがおなかの中で蹴《け》ってくるのだけど、どうしても気になって」

ジャスティンはマリリーのおなかを見おろした。彼の顔の表情は読み取れない。ただそのとき、彼の目の中にかすかに動くものが感じられ、マリリーは一筋の希望の光を見たような気がした。

「ここよ」マリリーは言って、ジャスティンの手をとり、ベッドの自分の横に座らせた。

「触ってみて」

ジャスティンはてのひらをマリリーのおなかのふくらみにあてた。初めて赤ん坊に触れる瞬間を待って、息をこらした。そのとき、手に胎動を感じた。赤ん坊は強く蹴ってくる。その強さにびっくりして、彼はあえぎ、さっと手を引いた。

「痛いのかい？」ジャスティンはきいた。

マリリーはほほえむ。「いいえ」

「すごいな」ジャスティンはささやいて、もう一度同じところに手をあてた。もう一度赤ん坊の胎動に触れたいと、息をこらす。赤ん坊が蹴った。彼は感動して言葉も出せず、ただ目をつぶって、頭をたれた。

命。

二人で新しい命をつくり出したのだ。

ジャスティンは手をあてていたところに衝動的に耳を近づけた。こんなにすばらしい賜物《たまもの》なのだ。なにか特別な音が聞こえるのではないだろうか？

マリリーのおなかにジャスティンの顔がのっている。彼女はひどく気がとがめて、胸が痛んだ。もっと違う状況で、こういう場面に出会えていたら、どんなによかったことだろう。偶然にできてしまったのではなく、二人が望んでできた赤ちゃんだったら。マリリーの心は重かったが、ジャスティンに対してやさしい愛情を感じるのも事実だった。彼が迫ってきたら、肌を触れ合わないという姿勢をつらぬくのはむずかしいだろう。それに、彼がその場にいればいるほど、マリリーの彼に触れたいという気持ちも強くなっていく。ついに我慢できなくなって、彼女は彼の頭のてっぺんに手を触れた。

エアコンが作動を始めるまで、ジャスティンは身動き一つしなかった。やっと顔を上げたとき、その目には涙があふれていた。マリリーは感動した。ほかのことはともかくとして、ジャスティンも私に劣らず、赤ちゃんの誕生を心待ちにしているのだ。

ジャスティンは口をきけなかった。ほんとうはマリリーを腕に抱きしめ、伝えてあげたかった。この子を産むと決意してくれてよかった。僕の卑屈さがわかったよと。もう少しで、我が子が存在することすら知らないでいることになったかもしれないと思うと、みぞおちが痛くなるような気がした。でも、マリリーには、体の触れ合いはだめだと釘《くぎ》をさされている。彼としては、従うしかなかった。

ジャスティンが立ちあがろうとすると、マリリーが手をとった。

「なに?」ジャスティンは尋ねた。

「シャワーを使ったら、私のベッドでいっしょに寝てもいいわよ」

ジャスティンの胸は高鳴った。「ということは――」

「私の言いたいのは……二人は夫婦になったのだからということ。あなたにも寝る場所が必要でしょう。いっしょにベッドを使いましょう」

「触れ合わないという決まりはどうなるんだい?」ジャスティンは尋ねた。

「セックスをしようとは言っていないわ。寝る場所として、ベッドにどうぞと言っているだけよ」

ジャスティンはにんまりした。僕を寄せつけまいと固く防御線を張っていたマリリーが、初めて譲歩したのだ。たいした譲歩ではないが、とりあえず進めるところは進んでおこう。

「シャワーはすぐ終わるよ」ジャスティンは言った。

「ごゆっくりどうぞ。どっちみち、あなたが出てくるころには、私は寝入っているかもしれないわ」

ジャスティンはかつてないほど短時間でシャワーをすませた。マリリーはまだ眠っていなかった。

「ちゃんと戸締まりしてあるか、見てくるよ。すぐ戻ってくる」ジャスティンは言った。

マリリーはジャスティンの足音を聞いていた。彼は部屋から部屋へとまわり、ドアや窓を調べて、きちんと鍵《かぎ》がかかっているか確かめている。その足音を聞きながら、もう私は一人ではないのだと彼女は実感した。これからベッドに入るたびに、びくびくする必要はない。一人ぼっちで目を覚ますこともなくなるのだ。そして、お金の心配もしなくていいと、ジャスティンは胸をたたいてくれた。そう考えると、マリリーは安心して目を閉じた。眠ろうとした。

ところが、ジャスティンはすぐ戻ってきた。彼がベッドに腰をかけ、明かりを消すと、マリリーは息を殺した。ジャスティンが隣に身を横たえたことがマットレスの動きでわかる。上掛けをかけるとき、彼はマリリーの背中にもかかるように気を配ってくれた。またもや、ささいなことでも親切を示されると、気持ちがゆれてしまう。この人といっしょに暮らして、いつまで自分の言い分を通せるかしら？

ジャスティンはマリリーの不安を感じた。その不安は生命を持って息づいているかのようだ。そう思うと、彼はさらにいっそう自分を許せなくなった。衝動的に彼女のほうを向き、体に腕をまわして、やさしく抱いた。

「なにをしているの？」マリリーは声をあげた。

「心配しないで、ダーリン。君がベッドから落ちないように押さえてあげるだけだから」

スプーンが二つ重なるように、ジャスティンはマリリーを背後から抱いた。彼の息づかいが低くなると、マリリーは泣いたりしないわと気を張りつめた。私が思い描いていた新婚初夜とはずいぶん違う夜になってしまったけれど。

一分がたった。二分。三分。とにかく眠らなくては、と思ったそのとき、マリリーは恐ろしいことに気がついた。とっさにその思いが口から出てしまった。

「ジャスティン？」

「うん？」

「明日の朝……」

「なに？」

「私が目を覚ましたとき、あなたはここにいるの？」

いなかったらどうしようという不安がその声に感じられ、ジャスティンはうろたえた。彼はマリリーのうなじに顔をうずめ、そばに抱き寄せ、おなかのふくらみを手で包みこむようにした。

「いるよ、ダーリン。君は僕の奥さんなんだ。そうだろう？　これからは、一人ぼっちで目を覚ますようなことはないよ」

マリリーはなにも答えなかった。言葉など出てこなかった。ジャスティンが寝入ってしばらくしても、彼女は眠れなかった。彼と、彼が請け合った、心配の必要のない暮らしのことを考えていた。

翌日の正午には、二人はラボックに向かっていた。マリリーは顎をきっと上げ、両手を拳《こぶし》に握り、前途にどんな困難があっても立ち向かってみせると心に誓った。

4

牧場に向かう道すがら、マリリーは考えつづけていた。これは夢ではないかしら、目を覚ましたら、アマリロのあの小さな我が家にいて、仕事に遅れてしまうと焦っているのではないかしら、と。しかしトラックがアマリロから離れていくにつれ、だんだん実感がわいてきた。ジャスティンは途中二度ほどトイレ休憩をとり、マリリーが体を伸ばせるようにはからってくれた。休憩をとりたいのだけどと頼む必要はなかった。そこまで私のことを理解し、気を配ってくれるのだわと、マリリーは意外に思った。トラックはラボックの郊外に入った。行き交う車が多くなり、渋滞するようになった。ジャスティンは心配そうにマリリーのほうに目を向けた。

「どうかした?」マリリーは尋ねた。

「シートベルトをきちんと締めているか、確かめたかっただけだよ」

「そう」

ふたたび二人は黙りこんだ。トラックは町の中を牧場へ向かって走っていく。ついにマリリーは黙っていられなくなった。

「ジャスティン」

「なに？」

「これからのことが心配なの」

ジャスティンはため息をついた。「わかるよ」

「まずご両親に電話をしておくべきではなかったかしら。いきなり私を引っ張っていったりしたら、ご両親としても、面くらうと思うのよ」

ジャスティンはかぶりを振った。「親のことだったら、僕のほうが知っているさ。僕を信用してくれないかな？　それに前もって電話をするなんて、なんだかびくびくしているみたいじゃないか。顔を合わせて、結婚したよ、と堂々と話したいんだ」

マリリーは肩を落とした。ため息をつきたいのをこらえた。子供のころ、毎日、両親の絶え間ない喧嘩《けんか》を見てきた。そのため彼女は、ジャスティンの両親と対面しなければならないのが、どうにも気が重かった。

ジャスティンは眉をひそめた。もう少しスムーズな形でもっていけたらと思ったのだが、マリリーのおなかの赤ん坊が相当大きくなっているだけに、それは無理だった。もう一度マリリーに目を向ける。とにかく彼女のことは守りたいとひしと思った。彼女が傷つくようなことだけは、ぜったいに避けなくてはならない。

「マリリー？」

「はい？」

「そんなに心配しなくて大丈夫だよ。僕だって立派な大人なんだ。両親といえども、僕の人生に口をはさむことはさせないよ。僕は父にも母にも迎合する必要はない。牧場は祖父から受け継いだもので、全部僕のものなんだ。両親といっしょの屋敷に暮らしているのは、母を喜ばせてあげたいからだ。両親は住むところが二軒あるように友達から思われている。母はそれがご満悦だし、僕としても、家のことをしないですめば、牧場の仕事に専念できるから、便利だったんだ。ただ、君に知っておいてほしいことがある。気をつけないと、母は君にいろいろ言ってくるだろう。特に僕がいないところでね。君は自分の主義を通せばいいんだ。さもないと、母にいいようにされてしまうよ」

「まあ」マリリーはつぶやいた。

赤信号でとまったとき、ジャスティンは手を伸ばして、彼女の手を握った。

「そんなにひどいことにはならないよ」彼はやさしく言った。「僕は君の味方だ。それだけは覚えておいてほしい。君は自分流にやればいいんだよ、ダーリン。君ならできるはずだ。それでうまくいかなかったら、家を出ていくのは、君ではなくて、両親のほうだ。わかるね？」

〝僕は君の味方だ〟交差点を抜けようと、ジャスティンがアクセルを踏みこんでも、マリリーの耳にはこの言葉が響いていた。すぐにトラックは幹線道路をはずれ、二車線のアスファルト道路に入った。

マリリーは緊張した。車が進んでいくうちに、ますます落ち着かなくなった。

「すると……この道が牧場に通じているのね」

ジャスティンはマリリーを見て、ほほえんだ。

「ダーリン、幹線道路を下りたところから、もう牧場の敷地なんだよ」

マリリーは目を見開いた。振り返って、来た方向に目を向ける。それからフロントガラスに視線を戻して、その先の大地を見た。住まいなど影も形も見えず、果てしなく道路が続いているような気がした。車の座席に座っている時間が長くなれば長くなるほど、緊張は高まる。マリリーが緊張するだろうとはジャスティンも予想していたが、今の彼女は気色ばんで見える。ジャスティンは意外な気がした。

「どうかした？」ジャスティンは尋ねた。

マリリーは顎を突き出し、彼のほうを見ようともしない。

「こういうことは教えてくれなかったわね」

ジャスティンは眉をひそめた。「なんのこと？」

「こういうことすべてよ」マリリーは今通り過ぎている大地のほうを手で示した。それから彼のほうに顔を向けたが、その目は怒りに燃えていた。「単なるお金持ちではないのでしょう、ジャスティン・ウイーラー？　うなるほどお金が余っている大富豪なのね」

ジャスティンは笑いだしたかった。でも、そんなことをしたら、頬をひっぱたかれてしまうだろう。金があるというだけで、ないがしろにされたと思う女性に出会ったのは、初めてのことだった。

「まあ……そうとも言えるかな」ジャスティンは言った。

マリリーは目をむいた。怒りで鼻息が荒くなっている。

「あら、けっこうなこと。ちょっと群を抜いているだけよね」

「わからないな」ジャスティンは言った。「どうしてそれがそんなに問題なんだ？」

「ご両親よ。私がわざと妊娠したと思われるに決まっているじゃない。ひどいわ！　私はあなたのお金めあてなのだと思われるわよ」

ジャスティンは眉をひそめた。マリリーの言うとおりだ。両親はそう考えるだろう。不思議なことに、彼女に指摘されるまで、両親がそんなことを言うとは考えもしなかった。どうしてだろう？　そういう反応は予期して当然だったのに。女性と付き合いはじめたころから、何度もそれは頭にたたきこまれてきたことだった。もう一度マリリーに目を向ける。それまでにも増して、彼を避けるように、黙って窓の外を見ながら座っている。彼女が気をもんでいると思うと、つらい。ジャスティンは彼女の手に手を伸ばした。

「ハニー？」

「なに？」マリリーはつぶやいた。

「そんなこと、考えもしなかったよ。でも、考えなかったということが、問題だな」

マリリーはジャスティンのほうに目をやりながら、大きくため息をついた。彼は心が広くて、すばらしい人だ。そして彼の今の表情からすると、それは心からの言葉としか思えなかった。

「ほんとう？」

ジャスティンはうなずいた。

マリリーは心もち姿勢を正して、小さくほほえんだ。「ありがとう、ジャスティン。今まであなたから聞いた最高の言葉だわ」

ジャスティンはにっこりした。「どういたしまして。じゃあ、この件はもういいね？」

マリリーはうなずいた。

ジャスティンは片目をつぶって、アクセルを強く踏みこんだ。やがて地平線のかなたに広大な屋敷が見えてきた。近づくにつれて、マリリーは緊張で胃がよじれるような気がした。トラックが庭にとまったとき、彼女はくらくらした。屋敷の前に、少なく見ても十二台の車がとまっているではないか。マリリーは彼の顔を見た。

「やっぱり電話を入れておくべきだったんじゃないかしら。お客様が来ているんでしょう」

ジャスティンはマリリーの言葉をそのとおり認めたくはないようだった。「たぶん母の属する団体の関係者たちじゃないかな。いろいろな慈善団体の委員をしているから」

「どこからどこまで文句のつけようのない方なのね」マリリーはつぶやいた。

ジャスティンはにやりとした。「いいね、ダーリン。君なら対処できるだろう。〈ロードランナー〉で徹底的に僕をとっちめてくれた、あの血の気の多い女性はどこに行ったのかな?」

マリリーはしばらくそのときのことを考えてみた。そして、背筋を伸ばした。

「ここにいるわ」マリリーはつぶやいて、ジャスティンがドアを開けてくれるのも待たずに車から降りた。彼はあとについていくしかなかった。

「鞄《かばん》はそのままでいい。あとで僕が運んでおくよ。とりあえず中に入って、僕たちの部屋で休むといい。料理人に言って、なにか食べるものを作らせるから」

マリリーはつまずきそうになった。料理人ですって? 料理人を雇っているのね? あ……執事なんていないでくれますように。こんな暮らしにはとても合わせられないわ。

だが、そのとき、ジャスティンがマリリーの肩に腕をまわして体を支えると、すぐに心地よく抱きしめてくれた。それで、マリリーは腹をすえることができた。なにが起きようとも、しかたのないことだわ。私はこの人と結婚してしまったのだし、今さらあと戻りはできないのだ。

すぐに玄関ホールに着いた。マリリーは床に赤いスペイン風タイルが張られた広々とした空間に目をやった。うろたえて目をまわしたいところをこらえる。このホールだけでも、我が家のキッチンよりも広いわ。彼女の口からため息がもれた。アマリロのあの小さな家はもう我が家ではないのだ。これから、ここが私の家になる。でも、どんなにすばらしいものになるかどうかは、これからのことだ。

頭上で人々の話し声が聞こえた。女性たちが集まって、会議をしているのだろう。マリリーはジャスティンを見やった。彼女の緊張など忘れたかのような顔をしている。でも、そのまま見ていると、彼は気づいて、片目をつぶり、手をぎゅっと握ってくれた。不安が幾分やわらいだ。ジャスティンからの愛は期待できないけれど、約束は守ろうと必死になってくれているのが身にしみる。

「おいで、ハニー。僕の、いや、僕たちのベッドルームに行こう。少し横になるといい。あとで来客が帰ったら、屋敷の中を案内するよ」

「いいわ。でも――」

「ジャスティン？」

二人は同時に振り返った。ジュディス・ウイーラーが不審そうな顔で立っている。マリリーは一目見るなり、最悪の事態を覚悟して、身構えた。

「ダーリン！　まさか今ごろ帰ってくるなんて思ってもいなかったわ」ジュディスはすべ

るように走ってきて、息子のキスを受けようと頬を寄せた。彼女はマリリーに目をやったが、すぐに視線をそらし、息子の腕を握った。はたから見ると、母親が息子を抱擁したように思えたかもしれないが、マリリーの目には、必死に自分を抑えようとしているように見えた。

「ジャスティン、なにか私にできることがあるかしら？」ジュディスはマリリーのことを示すようにじっと見つめながら、尋ねた。「この方の車が故障でもしたかしら？　それとも具合が悪くなられた？　いずれにしろ、マリアに言って、修理工を呼んでもらうか、トラックで牽引《けんいん》してもらうといいわ。わざわざあなたの手をわずらわす必要はないのよ。あなたは旅ですっかり疲れているでしょう」

ジャスティンの顎の筋肉が引きつった。あなたの手をわずらわす必要はないというジュディスの言葉には、いくらか婉曲《えんきょく》的であるとはいえ、軽蔑《けいべつ》のにおいがする。マリリーに気づかれないはずはなかった。

「いいんだよ、母さん。マリリーは僕といっしょなんだ。とくにしてほしいことはないよ。お客様が帰ったら、話をしよう」

ジュディスは眉を上げた。口をへの字にして、不満を隠さない。

「わからないの？　あとで面倒なことになるでしょう。その……知らない方をプライベートな部屋にお連れしたら」

「母さん、話はあとでするから」そう言って、ジャスティンはマリリーに目をやり、こらえてほしいと目配せした。「行こう、ハニー。疲れているのは君のほうなんだから。少し休んだら、気分もよくなるよ」

〝ハニー〟という言葉を耳にして、ジュディスはまくしたてた。

「ジャスティン！　この方がだれなのか、教えてほしいわ。ここで、きちんと説明してちょうだい！」

ジャスティンが母親のほうを向き、マリリーは息を殺した。彼は腹を立てて、低い声で言った。

「わかったよ、母さん。僕の妻、マリリーを紹介しよう」そう言って、マリリーのほうを見た。「マリリー……母のジュディス・ウイーラーだよ」

ジュディスは頬を真っ赤にし、口をぽかんと開けている。マリリーが気の小さい女性だったら、ジュディスの視線には耐えられなかっただろう。でも、マリリーは、怒りでおかしくなった女性などとは比べようもない、もっと壮絶な経験をくぐってきたのだ。彼女はにっこりして手を差し出した。

「ミセス・ウイーラー、お会いできて、うれしいですわ。ジャスティンの容貌《ようぼう》はお母様ゆずりなんですね」

空疎な気持ちとヒステリーとで、ジュディスは口もきけなかった。その機に乗じて、ジャスティンはさっそく話を進めた。

「マリリーはずっと長いこと車にゆられてきたんだ。母さんも覚えていると思うんだが、妊娠中のこういうときには、じゅうぶんな休養が必要だよね」

妊娠という言葉に、母親の堪忍袋の緒が切れた。ジュディスはマリリーのおなかを忌まわしいものでもあるかのように指さし、階上にいる客には聞こえないように声をひそめた。

「恥を知りなさい。あなたがこんなことをしでかすなんて信じられないわ。結婚ですって。この人のように、その、どこの馬の骨とも知れない人と。なにを考えているの、ジャスティン・ウエード。こんな人、赤の他人じゃないの」

マリリーのことなど目に入っていないような言い方に、彼女はうんざりした。背中は痛くなってくるし、足は震えてくる。マリリーは頭をそらして、声をあげて笑った。

ジュディスは虚をつかれて、声も出せなかった。まさかこんなところでマリリーが笑いだすとは考えてもいなかったのだ。

「おもしろがっているのね」ジュディスは金切り声をあげて、マリリーをにらんだ。

「それは……ええ……多少は。だって、赤の他人なんて、おっしゃるんですもの」マリリーは、わかるはずよと強調するように、おなかを軽くたたいた。「去年雪に閉じこめられて以来、たがいにじゅうぶん知った仲ですわ。それと、私のことを小ばかにすれば、しっぽを巻いて退散するとでも思っていらっしゃるのなら、ほかの手を考えたほうがよろしいでしょうね」

ジャスティンがあとについてくるか確かめもせずに、マリリーはつかつかと進んだ。方向が違っていませんようにと心の中で祈る。ジャスティンはすぐに追いつくと、彼女の肩に腕をまわして、そっとささやいた。「よくやった」

取り残されたジュディスは、訪問客のみんなに一部始終を知られる前に、戻っていくしかなかった。なんとかしてこの女を追い出す算段がつかなければ、たちまち噂《うわさ》は広まってしまうだろう。


その日の夕刻、マリリーはジャスティンの父親、ギャヴィンと顔を合わせることになったが、それはたいして苦痛ではなかった。食卓につくまでに、だいたいのことは聞いていたらしく、聡明《そうめい》な父親はよけいな口出しを控えた。ギャヴィンは親しみやすく、ときにとても心を楽しませてくれることを言う。マリリーは、この義父といっしょなら、そんなにひどいことにはならないような気がした。食事がそろそろ終わるころ、ジャスティンに電話がかかってきた。彼は失礼を詫《わ》びてテーブルから離れ、ほかの三人がダイニングルームに取り残された。ジュディスはなにも言わずにマリリーをにらんでいたが、やがて頭痛がするとかなんとかつぶやいて、出ていった。マリリーは義父と二人きりになってしまった。

ギャヴィンはほほえみながら立ちあがった。「初版本というものに興味はあるかな?

もし見てみたいのなら、図書室にいくつかいいのがあるんだ」

マリリーは立ちあがった。ごくふつうに会話をしてくれることがうれしかった。「ぜひ見てみたいですわ。読書は趣味の一つなんです」

「そうか。私はそういう本は読まないことにしているんだがね」ギャヴィンは言って、彼女の腕をとり、図書室に案内した。

マリリーは眉をひそめた。「読まないのですか？　いったいどうして？」

ギャヴィンは内心はらわたがよじれるような気がしたが、ただほほえんだ。息子が無知な女と結ばれるのはたまらないと思っていたが、もう結婚してしまったのだ。胸がつぶれる思いだった。前もってジャスティンが来てくれていたら、こんなひどいことにならないうちに、アドバイスをしてやれただろうに。

「ものすごく値打ちがあるものだからだよ。中にはほとんど手に入らないほど貴重なのもあるんだ。触ったりしたら、だめになってしまうかもしれない」

マリリーはそれでも眉をひそめていた。「あら、それはそうですね。わかりますわ。だからといって、絵画と同じに考えるのはおかしいですわ。ドガやゴッホの絵なら、触れないでも鑑賞できます。でも、めずらしいものかどうかは別として、書物なのに読めないとしたら、いったいなんの価値があるんでしょう？」

ギャヴィンはどう答えればいいのか、とまどった。図書室に入り、貴重なコレクションの詰まった棚を見やった。革表紙の本がこれ見よがしに何段にもわたって並んでいる。それらを眺めながら、マリリーの言うことにも一理あるような気がしてきた。ギャヴィンの立っているところから見ることができるのは、書物の背にすぎない。ほんとうに大事なのは、結局、中身なのではないだろうか。

「お気にいりはどれですか？」マリリーは尋ねた。

ギャヴィンは目をしばたたいた。はっと我に返って、本棚に近寄った。

「一冊選ぼうとするのはむずかしいね。ただ、一番初めに手に入れたのはこれだよ」ギャヴィンは『ハックルベリー・フィンの冒険』を出して、マリリーに渡した。「十歳の誕生日に父親からもらったんだ」

マリリーは本のタイトルを見てほほえみ、そっと書物を撫《な》でながら、うなずいた。

「マーク・トウェインことサミュエル・クレメンスは興味深い人物ですね。そう思いません？　それに著名人だったのに、私生活は不運に次ぐ不運でしょう。ひどくめいっていた人があんなに創造力豊かな小説を書いたなんて、驚嘆させられます」

ギャヴィンはマリリーの博識に舌を巻き、うなずくことしかできなかった。驚くことに、彼女の話はまだ続いている。

「クレメンスは奥さんとの間に四人の子供をもうけたんでしたよね？　それとも三人だったかしら？　やっぱり四人だわ。だって、一人の息子は幼いころに亡くなったし、次に大のお気にいりだった娘のスージーが若くして命を落としたでしょう。そのためにクレメンスは生きる気力を失ったんだわ。その後すぐ、たしか奥さんに先立たれ、しばらくして、もう一人の娘も死を迎えた。結局、クレメンスより長く生きたのは、一人の娘だけだったと思いますわ」マリリーはため息をつきながら、本をギャヴィンに返し、無意識にてのひらを自分のおなかにあてた。「子供に先立たれることほど、親として悲しいことはないのではないかしら」

ギャヴィンは本を棚に戻しながら、恥じ入っていた。この女性に教養がないと思ったのは間違いだった。だからといって、金めあてで息子に近づいたのではないとは、やはり言い切れない。父親としてとるべき道はほかにないか考えてみようともせず、ギャヴィンは机から別の冊子を取りあげた。冊子といっても、黒い表紙の平たいもので、未記入の小切手帳だった。彼は表紙を開け、マリリーに中身を見せると、ペンをとった。

「いくらかね?」ギャヴィンは尋ねた。

マリリーは眉をひそめた。「なんでしょうか?」

彼女はほんとうにわけがわからないという顔をしている。だが、ギャヴィンはそんなことでだまされるつもりはなかった。ジュディスは怒りでおかしくなっている。トラブルが起きたとき、いつも使う手は決まっていた。ギャヴィンは今回もその手で解決するからと、妻に請け合ったのだった。

「純情を装っても、私には通用しないよ、お嬢さん。こういうことには慣れているんだ。いくら払えば、息子の前から姿を消してもらえるのかな？」

マリリーは頬をはたかれたかのように、ひるんだ。思いがけない言いがかりだった。いくら抑えても、涙が浮かんでくる。でも、泣いたりしないわ。ことに、この人の前では。マリリーは顎をきっと上げて、目を輝かせた。

「あら……どうでしょう。あなたの孫の命をお金ではかるとしたら、正確なところ、どのくらいだと思われます？」マリリーはゆっくりと言った。

ギャヴィンの笑顔がこわばった。この女は私が思っていたとおりだぞ。

「五万ドルでどうだろう？」ギャヴィンは尋ねた。

「まるで血のつながりがない人のことを言っているみたいですね」マリリーはぴしゃりと言って、ドアのほうを向いた。ちょうどジャスティンが入ってくるところだった。「ジャスティン！　いいところに来てくれたわ」

ジャスティンはほほえんだ。「なにをするのに、いいところなんだい？」

ギャヴィンははらわたがよじれるような気がした。どうやら思っていたようにはなりそうもない。

「五万ドル渡すから、あなたの子供ともども姿を消すようにと、あなたのお父様に言われたの。でも、二人が結婚したのは、私が頼んだからではなくて、あなたが決めたことでしょう。きちんと説明してもらえると、助かるわ」マリリーはギャヴィンのほうを向いて、怒りのこもった冷たい目でにらんだ。「それと、ジャスティンからも、あなたからも、お金をいただきたいなんて思っていませんから。ただ、パーキングメーター代をまかなうぐらいの小銭をなにがなんでも払いたいとおっしゃるのでしたら、そのどうしようもないお尻を思いきり蹴《け》ってさしあげますわ」

マリリーは顎を上げ、目をらんらんと輝かせて、図書室から足音荒く出ていった。わっと泣きだす前に、なんとか部屋にたどり着いた。彼女は知らなかったが、ジャスティンがかわって、父親と対決していた。

ジャスティンは父親のシャツの二番目のボタンに人さし指を突きつけた。「まったく！よくもそんなことができたものだね。女の子のお尻を追いまわす十六歳の子供なら、問題が起きたら、父親になんとかしてもらおうと泣きつくかもしれない。僕はそんな子供じゃないんだ。マリリーのことは一年以上前から知っている。心から好きなんだ。善良で嘘《うそ》のない女性だよ。しかも、僕の子供を産んでくれるんじゃないか」

「おまえの子供だなんて、どうしてわかる？」ギャヴィンが尋ねた。

今度は指をシャツに突きつけるだけではすまない。ジャスティンは父親の顔に指を突きつけた。

「僕が父親だからさ」ジャスティンは静かに言った。「それと、僕の子供ではないかもしれないなどと、もう一度でも口にしたら、父さんとは縁を切る。永遠にだ。僕の言っていることがわかるかい？」

ギャヴィンは真っ青になった。「ジャスティン、まさか本気で言っているのではないだろう。おまえはたった一人の息子なんだ。私たちより、知らない他人のほうが大事だなんて、言わないだろうな」

「でも、そうなんだよ、父さん。僕にとって、彼女は他人ではないんだ。僕の赤ん坊を産んでくれるんだよ。つまり、父さんにはあれこれ言う資格はない。なにも口を出さないでくれ。それがいやなら、出ていってもらうしかない」

ジャスティンは憤慨して、身をひるがえし、部屋を出ていった。残されたギャヴィン・ウイーラーは呆然《ぼうぜん》としていた。もう少しで殴られるところだった。ギャヴィンは眉をひそめた。事の顛末《てんまつ》を聞いたら、ジュディスは不服を言いたてるに違いない。となると、これまでよりも、さらに私の立場は面倒なものになりそうだ。

マリリーはベッドで泣きじゃくっていた。ジャスティンは彼女を腕に抱き、座ったまま、あやすようにゆらした。

「ほんとうに悪かったよ。あんなことは許せない。でも、二度とさせないと約束するよ」ジャスティンは言った。

マリリーはむせび泣いている。「忘れましょう」

「忘れられるのかい？」

マリリーは答えることができなかったし、ジャスティンの顔を見ようともしなかった。彼女をそんな目にあわせてしまったと思うと、ジャスティンは面目ない気持ちだった。

「早めに二人だけになるのはどうかな？　映画を取りそろえてあるんだ。君の好きなのを見よう」

ジャスティンは、私が元気になるようにとできる限りのことをしてくれている。マリリーはそんな彼のことを思って、いいわとうなずいた。

「よかった。君はネグリジェに着替えるといい。僕はテレビをつけておく。着替えができたら、DVDはその棚に全部入っているよ」

「わかったわ」

ジャスティンはマリリーがベッドから立ちあがるのを見ていた。おなかが大きくなるにつれて、体は脆弱《ぜいじゃく》になっていくように見える。まるで赤ん坊にすべてのエネルギーを吸い取られているかのようだ。そう考えると、ジャスティンはこわくなった。出産のころには、彼女の体はどうなっているのだろう？　出産という苦しみに耐えられるだろうか？　それとも……。

ジャスティンは体を震わせ、そんな考えを押しのけた。いやなことはぜったいに考えたくない。

マリリーはバスルームで服を脱ぎ、ネグリジェを身につけた。顔を洗い、歯を磨く。でも、鏡に映る自分の姿は見たくなかった。心に巣食う不安が顔に出ているのを見るのがこわかった。こういう環境は好ましくない。私にできることは、状況が変わってくれることを祈るだけだ。こんな雰囲気の中で暮らすのは健康にもよくない。私ばかりか、おなかの赤ちゃんにも影響するだろう。

マリリーがバスルームから出てくると、ジャスティンの姿はどこにもなかった。はらはらしながら、彼女はドアに目をやった。このドアの向こうで、またまた角突き合いが始まっているのではないだろうか。そう思いながらも、DVDが入っている戸棚に向かった。彼女が想像していたよりずっと幅広いジャンルの映画がそろっていた。しばらく眺めてから一本を選び、ベッドに横になった。シーツにくるまり、枕《まくら》に寄りかかる。

部屋は静かだった。ベージュとブルーの抑えた色が心をなごませてくれる。先刻のいやな出来事が嘘のように、マリリーはリラックスしはじめた。硬くなっていた筋肉がほぐれ、まぶたが重くなってくる。うとうとしかけたとき、近づいてくる足音が聞こえて、目が覚めた。やがてジャスティンが元気よく入ってきた。おいしそうなものを満載したトレイを持っている。

「映画を見るなら、ポップコーンがないとね」ジャスティンはトレイをベッドの足のほうに置いた。

マリリーは上掛けを足で蹴り、トレイの中身を眺めた。すぐにポップコーンをかじり、いろいろなボウルに目をやった。

「うーん……チョコレートね」

「冷たい飲み物もある」ジャスティンはナプキンのおおいをさっとはずした。炭酸飲料の缶が二本出てきた。

「ピクルス？」マリリーは小さな瓶を取りあげた。

ジャスティンはにっこりした。「僕のおなかの大きなかわいい奥さんのためにね」

マリリーはほほえんだが、涙をこらえていた。ジャスティンは必死になって夫らしいことをしてくれている。

「全部食べなくてもいいんだよ」ジャスティンは言い添えた。「食べたければと思って、持ってきたんだから」

マリリーは声をあげて笑った。その声はジャスティンの心の奥底まで響いた。彼は彼女の顔を見つめた。二人がこんなに幸せな気分で気を許し合えたのは、いつ以来のことだろう？　ああ、ものすごい吹雪に閉じこめられ、モノポリーをしたのは、なにものにもかえがたい経験だった。

「なんの映画にしたんだい？」ジャスティンは尋ねた。

口にポップコーンがいっぱい詰まっていたので、マリリーは声は出さず、指さした。ジャスティンはそのDVDを手にとった。

「『ダンス・ウィズ・ウルブズ』？」

「いつ見ても、好きな映画なの」

ジャスティンはほほえんだ。「僕もだよ。共通点が一つ増えたね」彼はDVDをセットし、ブーツを蹴って脱いだ。次にシャツもジーンズも脱ぎ捨て、ベッドの中にもぐりこんだ。身につけているのは下着だけだった。

ポップコーンを入れたボウルを間に、足元にはトレイを置いて、二人は観賞を始めた。マリリーは映画を、ジャスティンはマリリーを観賞している。一時間もすると、マリリーは眠りこんでいた。

ジャスティンはトレイをどけて、ベッドのそばの床に置き、DVDを切った。マリリーの枕を一つだけ残して、あとはそっとはずした。彼女が上掛けの下に体を隠すようにもぐりこむのを見て、ジャスティンはほほえんだ。彼は立ったまま、しばらく彼女の寝顔を見ていた。それから、口元にかかった髪をそっとのけて、そこにキスをした。ポップコーンと炭酸飲料、そして甘いチョコレートの味がほんのりと感じられた。ジャスティンは顔をほころばせたまま、ベッドをまわり、マリリーの横にもぐりこんだ。彼女の背中に体をつけ、おなかに手をまわし、うなじに鼻をうずめた。

夜のしじまがあたりを包んだ。

うとうとしかけたとき、ジャスティンはてのひらに軽くつつかれた振動を感じた。

「大丈夫だよ、赤ちゃん。パパはここにいるからね」ジャスティンは小声で言って、満ちたりた大きな深呼吸をした。

目を覚ましたとき、もう朝になっていた。

5

マリリーは体が熱いなと感じながら、目が覚めた。しばらくして、それが熱のせいではなく、ジャスティンの腕に抱かれているためだとわかった。胃がもたれてバスルームに行きたいのだが、彼が手を離してくれなければ、起きあがることができない。

「ジャスティン、起きたいんだけど」マリリーは彼をやさしくつついた。

ジャスティンはすぐに目を覚ました。「なに？　どうかした？」彼はつぶやいた。

「そうではないの。ただ、ベッドから出たいのよ」

「わかった」ジャスティンはもごもご言い、体をころがすようにして彼女から離れた。

マリリーは立ちあがったが、小さく声を発した。久しぶりに体のどこにも痛みを感じない。近ごろ、めずらしいことだった。

ジャスティンは眠そうに片方だけ目を開けた。「ほんとうになんでもないのかい？」

「ちょっと気分が悪いだけよ。すぐ治るわ」マリリーは答えた。

マリリーはよろよろしながらバスルームに向かった。数分後に戻ってきてドアを開けると、ジャスティンがベッドの端にがっくりと座りこんでいる。

「どこか具合が悪いの?」マリリーは尋ねた。ジャスティンの鼻の下はうっすらと汗ばみ、顔色も悪い。

「あんまり気分がよくないんだ」ジャスティンはつぶやき、とっさに彼女のわきを走り抜け、バスルームに飛びこんだ。間に合った。周囲を汚さずにすんだ。

吐き気を催した彼を気の毒に思って、マリリーはあとについてバスルームに入った。顔を冷やしてあげようと、冷たいタオルを渡した。

「こうすると気分がよくなるのよ」ジャスティンがためらっているので、マリリーは強く言った。「信じてちょうだい。こういうことは、私、知っているの」

ジャスティンはバスタブの縁に座って、タオルで顔をぬぐった。「まったく、どうしてこんなことになってしまったんだろう?」

「なにかの虫にやられたのでなければいいのだけれど」マリリーが言った。

「虫ではなさそうだよ」ジャスティンは言った。「だって、もう気分はよくなっているんだから」

「もしかしたら、ゆうべ寝る前に食べたスナック菓子がいけなかったのではないかしら」

ジャスティンは肩をすくめた。「もしかしたらね。もっとも、今までだったら、スナック類をもっと食べても、なんでもなかったんだが」

「気分の悪いのはおさまった？」マリリーは尋ねた。

ジャスティンはうなずいて、タオルをバスタブの縁にほうり、立ちあがった。「おいで、ハニー。着替えよう。ダイニングルームに行ったら、すぐにマリアが朝食を作ってくれるよ」

マリリーは眉を上げた。もう食べることを考えているのだったら、気分はよくなったのに違いないわ。「マリアって、料理人のことでしょう？　ゆうべ、料理を用意してくれた女の人？」

「そうだ。もうかれこれ三十年は働いてもらっている。僕がこの家を相続する前から、祖父の下で働いていたんだ」

「食事のときは、いつもみんないっしょに食べるの？」マリリーは尋ねた。

ジャスティンはため息をついた。昨日、あれだけいやな思いをさせてしまったのだ。また両親と顔を合わせるのかと思うと、マリリーは気が重いに違いない。そのことで彼女を責めることはできなかった。

「ふつうはそうだよ」ジャスティンは言って、マリリーの体に腕をまわし、抱きしめた。「心配することはないよ、ダーリン。昨日のようなことはさせない。僕が約束する」

「どうやって？」マリリーは言った。

ジャスティンは顎をきっと上げた。「僕を信じてくれ」

マリリーはため息をついて、見あげた。「あなたを信じていることはもうわかっているはずよ。そうでなければ、ここには来てないわ。こんな状況にも我慢しているじゃないの」

ジャスティンはなにも言えなかった。マリリーの言うとおりなのだ。「歯を磨いて着替えてくるから、少し待ってほしい。終わったら、二人で行こう。いいね?」

ジャスティンがバスルームにいる間に、マリリーはショートパンツとピンク色のゆったりしたシャツを着た。彼が出てきたとき、暑くなるからと、マリリーは髪をポニーテールにしていた。

「きれいだよ」ジャスティンは口にして、自分が心からそう思っていることに気がついた。

「冗談でしょう?」

「僕の彼女をさかなに冗談は言わないよ」ジャスティンは不平がましく言って、彼女のポニーテールを軽く引っ張った。「それと、たいていの女の人はできないのに、君だけは違うことがもう一つある」

「私はあなたの妻よ。彼女ではないわ。そうでしょう?」マリリーはそう言ってから、好奇心に駆られて尋ねた。「私のふつうではないところって、どんなところかしら?」

今はマリリーに試されているときだとわかっていたが、少なくともしばらくの間、ジャスティンはそのことを気にしたくなかった。

「ぐずぐずしないところだ。てきぱきできるのは、長所だな」

マリリーは肩をすくめた。「ぐずぐずする余裕がなかっただけよ」

ジャスティンは眉をひそめた。彼女は長い間、客に食事を運ぶという仕事に忙しく携わってきて、その客の一人が僕だった。そういえば、身を粉にして働く彼女の努力をきちんと考えたことはなかったな。

「ハニー、これからはもうタイムレコーダーを押したりする必要はないんだ。少しゆっくりしたくなったら、好きなだけ休んだらいい。君にそのくらいのことはさせてあげられると思うと、僕としてもうれしいよ」

「あなたからは、望んでいたより、はるかに大きなものをもうもらったわ」マリリーは言った。

「なんのこと?」

「あなたの名前よ」

ジャスティンは眉を寄せた。「ああ、でも、それは義理に駆られてしたこととはぜったい違う。僕が望んだことなんだ。わかるね? 僕は君と人生をともにしたいと思っているし、赤ん坊の誕生も楽しみにしている。そのことは忘れないでくれ!」

心に抱いていたことをあまりに多く明かしてしまい、ジャスティンはいささか照れくさくなった。彼はジーンズをつかんで、急いで身につけ、ブーツをはき、シャツを着た。マリリーは彼がせつせつと語ってくれたことに感きわまっていたが、ジャスティンのほうはそんな彼女の気持ちに気がつかなかった。

数分後、二人は日の光がさんさんと輝く廊下を通って、ダイニングルームにやってきた。テーブルの中央には、ずんぐりしたオレンジ色の花瓶に黄色の水仙が挿してあり、つやつやときれいに磨かれたオーク材の椅子やテーブルに映えていた。サイドボードには、いれたてのコーヒーの入ったポット、山盛りの甘いロールパンが置かれていた。

きれいだが格式張った雰囲気に、マリリーはなんとなく落ち着かなかった。だが、背中にジャスティンの手を感じて、気が楽になった。でも、彼が出かけてしまったら、この屋敷の中で、どういうことになるのかしら？　ジャスティンとしても、いつまでも家の中で私といっしょにいることはできないはずだ。マリリーは一人でいられる自分の居場所を作らなくてはならないと考えた。そのとき、でっぷりしたラテン系の中年女性が入ってきた。マリリーは相手の素性がわからず、身構えた。

「おはよう、マリア」ジャスティンが言った。「妻のマリリーを紹介しておくよ」

相手の女性はマリリーにほほえんだ。「おはようございます、セニョーラ。お会いできてうれしいですわ。でも、もっとうれしいのは、このお屋敷に新しい命を誕生させてくださることですよ」

マリリーはほほえんで、心がほぐれた。この家で初めて、心から歓迎してもらえたのだ。

「ありがとう、マリア」

「どういたしまして。ところでセニョール・ジャスティン、朝食はいつものもので、よろしいですね？」

「いいよ、頼む」ジャスティンは言った。

マリアはうなずいて、マリリーを見た。「で、セニョーラのほうは、なにを召しあがれますか？」

マリリーはもじもじしている。ジャスティンはそれを見て言った。「なにを頼んでもいいんだよ、ハニー。マリアは料理上手で、なんでも作れるんだ」

「最初にお願いしておくわ。私のことはマリリーと呼んでほしいの。食べ物だけど、スペイン風卵って聞いたことはある？　二、三日前から、食べたくて食べたくてしかたないのよ」

マリアは目を輝かせ、顔をくしゃくしゃにしてほほえんだ。

「ええ、ええ。スペイン風卵なら、知っていますよ。トマトと玉ねぎとピーマンのソースに、卵を割り落としたものですね？」

マリリーはうなずいた。「それをかりかりのトーストにのせてくれる？」

マリアは声をあげて笑い、手をたたいた。「うれしいわ。ようやくこの家の女性で、食べることがわかっている人に会えましたよ」

マリアがキッチンに入っていくと同時に、ギャヴィンとジュディスがやってきた。

「ほう、二人とも早起きなんだな」ギャヴィンが言った。昨夜のようないやなことは繰り返したくなかった。

ジャスティンは父親の顔をまじまじと見た。親しげな父の口調は、無理をしてのことでもなさそうだ。それから母親に視線を移して観察した。その表情は、傷ついたときにいつも見せるものだった。これまでその表情に、ジャスティンは何度となく巻き添えをくってきたのだ。

「僕は今日しなければならないことがたくさんあるんだ。それにマリリーもおなかをすかせていた」ジャスティンはマリリーの椅子を引いて、座らせた。

ジュディスはコーヒーをついだカップを手にして、テーブルに来た。窓際の椅子にゆっくりと座り、もったいぶってポーズをとる。数分かけて、彼女はゆっくりとコーヒーを三口すった。それから体内時計が鳴ったかのようにカップを置き、マリリーのほうを向いて、輝くような笑顔を作ってみせた。

「マリリー、昨日のことはごめんなさいね。ここは私の顔を立てて、許してもらいたいの」ジュディスはギャヴィンのほうにも手を振った。「私たち二人とも、配慮がたりなかったわ。勘弁してもらえるわね」

「水に流しますわ」マリリーは言ったが、ジュディスの詫《わ》びの言葉を心から信じたわけではなかった。

「よかったわ」ジュディスが言った。「では、その件は片づいたわね。今日は買い物があるのだけど、ラボックまでいっしょに付き合ってもらえないかしら。あなたにも新しい服を買ってあげたいし、必要なものもそろえたいでしょう。いかが?」

ジャスティンは固唾《かたず》をのんだ。母親を信用することはできない。どうしても母親とマリリーを二人きりにするのは心配だった。だが、心配は無用だった。マリリーは誘いにのらなかったのだ。

「買い物はけっこうです」マリリーは答えた。「まだ疲れがとれていませんし、実際たりないものもありません。買い物など必要ないんです」

マリリーがそんな返事をするとは信じられず、ギャヴィンはまじまじと彼女を見つめた。ここに座っている女性は、買い物を断ったばかりか、たりないものはないとまで言っている。この嫁に関しては、私の偏見をあらためなくてはいけないようだぞ、とギャヴィンは感じていた。

ジュディスは顔をしかめた。思惑どおりに事が運ばない。「ほんとうなの?」彼女は尋ねた。

「ええ。でも、ありがとうございます」マリリーは言って、ほっと安堵《あんど》の息をついた。マリアが料理を作って、目の前に置いてくれたのだ。「まあ、おいしそうだわ、マリア。ほんとうにありがとう」

「どういたしまして」マリアは言って、ジャスティンの前にも料理を置いた。

「セニョール・ギャヴィン、セニョーラ・ジュディス……なにか朝食をお作りしましょうか?」

ジュディスはとんでもないと言わんばかりに鼻にしわを寄せた。「いいえ、けっこうよ。ロールパンとコーヒーだけでじゅうぶんだわ」

ところが、ギャヴィンはマリリーの前にある料理を興味津々に見つめている。「それはおいしそうだな。なんという料理なんだい?」

マリリーはジャスティンの父親のほうに皿を押しやった。「スペイン風卵です。少し召しあがってみますか?」

ギャヴィンはためらった。これまで人の料理に口をつけるという、はしたないことはしたことがなかった。マリリーの顔を見て、フォークを取りあげる。「ほんとうにいいのかな?」

マリリーはほほえんだ。「試食してみなくては、味はわからないでしょう」

ギャヴィンは一口、口に入れてみた。満足そうに目をくるりとまわす。

「すごいぞ。実にうまい。マリア、私にも同じものを作ってくれ」

マリリーは忍び笑いを見せないようにしながら、料理を自分の前に戻した。ねらいはあたった。どんな男性が相手でも、心をとらえるには、食べ物が一番なのだ。マリリーはジャスティンを見て、にっこりした。ジャスティンは父親をねたんでいるかのような顔を見せている。むろん、マリリーにはジャスティンの心の中がわかっていた。

「あなたも試食してみる？」マリリーは尋ねた。

ジャスティンはにやりとした。「僕の考えていることが伝わったんだね？」彼はほんの一口、かじってみた。マリリーが食べる分が少なくなりすぎないように気を配ったのだ。

「驚いたね、父さん！　父さんの言ったとおりだ。ほんとうにおいしいよ」そう言うと、ジャスティンはマリリーのほうに身を寄せて、頬にキスをした。「分けてくれてありがとう、ダーリン。さあ、ゆっくり食べなさい。君はこの中のだれよりもきちんと食べなくてはいけないんだから」

ジャスティンがあからさまに愛情を示すのが、ジュディスは気にいらなかった。ギャヴィンに目配せしようとするが、彼は取り合わない。妻が腹を立てているからといって、自分まで一人息子の愛情を失うことはないのだとギャヴィンは達観していた。それにジャスティンが妻にした女性についても、ギャヴィンの見方は変わりはじめていた。もしかしたら、もしかしたらだが、財産めあての結婚ではないのかもしれないと。

朝食は比較的穏やかな中で終わった。それでも皆の腹の中まではわからず、緊張したせいで、マリリーは頭痛を覚えた。食事が終わるのを待ちかねて、部屋に戻りたいと言った。

ジャスティンもいっしょに立って、彼女をバスルームに案内した。マリリーが鎮痛剤の瓶を振って錠剤を出していると、ジャスティンも手を差し出した。

「僕にも二錠くれないか？　頭がずきずき痛むんだ。どうしてなのかわからない。病気になんかなったことはないのに」

鎮痛剤をのみこむジャスティンを、マリリーは見つめた。今朝のことが思い出されて、彼女は眉をひそめた。私が苦しんでいると、ジャスティンも同じように苦しんでいる。もしかすると……。あの症状なのかしら？

「不調の理由はわかるような気がするわ」マリリーは言った。

ジャスティンは眉を寄せた。「というと？」

「共感痛よ」

ジャスティンの眉間《みけん》のしわが深くなった。「共感痛。いったいなんのことだい？」

「ときどき起こることなの……父親になるのを楽しみにしている人にね。妊娠中の妻が痛いと感じると、同じ痛みを実際に体に感じてしまうのよ」

ジャスティンは目を大きく見開いた。「大変じゃないか！　それがほんとうだとしたら、出産の激痛なんか耐えられないよ」

マリリーは大声で笑った。「そこまで同じ痛みを感じることはないと思うわ」

「よかった」ジャスティンはつぶやいて、にっこりした。「もっとも、もしできることなら……君の痛みも取り除いてあげられたら、と思っているよ」

「あら、そうでしょうね」マリリーはふざけて、彼の胸に拳《こぶし》をあてた。

ジャスティンはとっさにマリリーの体に腕をまわし、彼女に唇を重ねた。ふざけてキスしたつもりだった。ところが唇が触れた瞬間、彼女が欲しいという、やむにやまれぬ気持ちに動かされ、深く心からの愛情をこめたキスに変わっていった。

「ああ、ダーリン」ようやく唇を離して、ジャスティンはささやいた。「約束を破ってしまって、すまない。でも、何日も前から、こうしたくてたまらなかったんだ」

マリリーはため息をついた。しかたがないことだわ。ジャスティンは私を愛しているわけではないけれど、気をつかってくれているのはたしかだ。その気づかいまで拒むとしたら、彼よりも私のほうが傷ついてしまう。

「あやまることなんかないわ」マリリーは言って、ジャスティンの頬を手で包みこんだ。「私に近づかないでとあなたに要求したのは間違いだったかもしれないわ。私たち、結婚したんですもの。あなたを前にすると、私のプライドなんか、どうでもよくなってしまうのよ」

ジャスティンはかぶりを振って、彼女を抱き寄せ、おなかのふくらみをいとおしく感じた。この女性は僕のものだ。しかも彼女は僕の子供を宿している。プライドなんかどうでもいいと思っているのは、僕のほうではないか。

「プライドなんかで心は温まらないよ、ハニー。でも君さえ許してくれるなら、僕は愛で君の心を温めてあげたいんだけれどね」

マリリーははっとした。ジャスティンは愛という言葉を口にした。彼の顔を見あげる。彼女は自分では気づいていないが、その顔には、あなたを愛しているわと書いてあった。そんな彼女の気持ちを読み取って、ジャスティンはほほえんだ。

「僕に君を愛させてくれるかい？　それとも、まだ許してもらえないかな？」

「ということは――」

「そう、愛しているんだよ。そろそろ君にもわかっているはずだが、僕は中途半端が嫌いな性分だ。自分では認めたくはなかったが、最初から君のことは好きだった。あの吹雪のあと、少なくとも日に一回は君のことを考えていたんだ。でも愚かな僕は、君への思いをどうしても認めたくなかった。君の存在がどれほどかけがえのないものなのか、君を――そして赤ん坊を――失うかもしれないと思ったときになって、やっとわかったんだ」

マリリーの顔がくしゃくしゃになった。

「ダーリン、泣かないでくれ」ジャスティンは彼女を腕に抱きとめた。

「泣かないではいられないの」マリリーは言って、ジャスティンの腰に腕をまわした。

ジャスティンはマリリーの頭のてっぺんにキスをして、ひしと彼女を抱き寄せた。「まあ、それで君の気が晴れるのだったら、いくらでも泣いたらいい」それから言い添えた。

ればいいのかな？」

「まだ僕に腹を立てているかい？」

「もしかすると」マリリーはしゃくりあげている。

ジャスティンの心は沈んだ。「僕はどうすればいい？　君に対する気持ちを証明するためなら、どんなことでもするよ」

マリリーは顔を上げた。頬が涙で濡《ぬ》れていた。「愛を交わせるような気がするの」彼女はおなかのふくらみを手で撫《な》でた。「このおなかを見て、あなたがうんざりしていなければの話だけど」

ジャスティンはぎょっとした。「君にうんざりするはずなんかないだろう。わかってくれなくては困るよ。同じベッドに寝ているんだから」

マリリーは笑顔をこらえている。

ジャスティンは目を細めた。「マリリー、僕をたぶらかしたな？」

マリリーは唇をゆがめた。「ちょっぴり」

「ほんとうは君を愛していることはわかっていたんだろう？」

「夜にそっとあなたが抱きしめてくれるとき、その気持ちは、赤ちゃんに対するより私にであってくれたらと願っていたわ」

「よかった」ジャスティンはうめいて、マリリーを腕に抱いた。「君に痛い思いをさせないようにするには、どうすればいいのかな？」

マリリーは涙ぐんだ目でほほえんだ。「心配しないで。方法はあるのよ」

ジャスティンとマリリーが結婚して二カ月以上が過ぎた。日を追うごとに、二人の絆《きずな》は強くなるようで、ジャスティンの母親は憮然《ぶぜん》としていた。外面は礼儀正しく、笑顔で接していたが、内心、憤懣《ふんまん》やるかたなく、じりじりしていた。息子が嫁にしたこの女ときたら、私の家に勝手に入りこんで、私の大事な二人の男性の愛情を奪ったうえに、あきれるほど落ち着きはらっている。家政婦までマリリーを立てているのだ。まるでマリリーには、なにも悪いところがないみたいではないか。

この二カ月、ジュディスは以前の暮らしに戻そうとひそかにくわだててきた。マリリーにはひどい過去があり、それを隠しているに決まっている。それを突きとめることさえできれば、ジャスティンにもこの女の正体がわかるはずだ。電話を数箇所にかけ、離婚に必要な書類を整えれば、問題はすべて解決する。そう思って、ジュディスはてぐすね引いて待っていた。マリリーは必ずしっぽを出して、本性がばれるはずだと。

マリリーはたたずんで、届けられたばかりの乳児用の家具を眺めた。それから新鮮な空気を入れようと、窓を開けた。週末を使って、子供部屋の壁にジャスティンがペンキを塗ってくれたので、塗料のにおいがいささか鼻についた。空気が変わると、気分がよくなった。マリリーはたんすの上に置いた金槌《かなづち》に手を伸ばし、ポケットから釘《くぎ》を出した。子供部屋の飾りは『くまのプーさん』をテーマにすることにして、今のところ申し分ない仕上がりだった。あとは、プーさんの小さな絵と森の仲間たちの絵を二枚飾れば、終わりだった。金槌を二、三回勢いよくたたいて、一本目の釘を打ちこんだ。マリリーは一枚目の絵を飾った。次の絵をかけるところに目をやっていると、ドアからジャスティンが入ってきた。

「ダーリン、そんなことをしてはだめだよ。どうして僕を呼ばなかったんだい？　先週ドクター・ブランクンシップに言われたじゃないか。ゆっくりしていなくてはいけないんだ。ドクターの話によれば、君の体重はたりないし、顔色も悪いそうだ。しかも、そのことで、君ではなく、僕がにらまれたんだよ」

マリリーはにっこりした。ラボックで彼女を診てくれているのは六十代後半の産科医だが、医者というよりは獣医という雰囲気だった。白髪まじりの口ひげをぴんと伸ばし、カウボーイブーツの底はすり減っている。だが、マリリーは一目で、この医師は信頼できると思った。

ジャスティンはマリリーの手から金槌を取りあげ、頬にキスをした。「釘が欲しいんだ。やらせてくれよ」

マリリーはにっこりして、釘を渡した。

「どこに打ってほしい？」ジャスティンは尋ねた。

「さっきの釘のすぐ右がいいわ。いっしょの仲間という感じになるでしょう」

「わかった」ジャスティンは言った。

すぐに二枚の絵が壁におさまった。

「どう？」マリリーが尋ねた。

ジャスティンはにやりとした。「君はとてもかわいいよ」

「部屋のことをきいているのよ。それに、私の格好といったら、すいかをまるごとのみこんだみたいじゃないの。かわいいはずがないわ」

「言っていることがわからないな。だって、君はかわいいんだから」ジャスティンは言って、マリリーを床から抱きあげた。

「ジャスティン、私、とっても重いのよ」マリリーは叫んで、笑い声をあげた。ジャスティンが彼女を抱いたまま、踊りだしたのだ。「どうかしているわよ。そう思わない？」

「そうだ。君のことを思うと、どうかなってしまうんだ」ジャスティンは言って、『くまのプーさん』の歌をハミングで歌いだした。部屋を二度まわって、彼はやっととまった。

「わかっているかな？　僕は幸せ者だよ」

「ほんとうに？」

ジャスティンはうなずいて、ふと真顔になり、両手で彼女の頬を包んだ。「ああ、ほんとうだとも……でも、ダーリン、君のご両親は亡くなられて、この幸せを分かち合うことができないんだ。とても残念だね」

マリリーの笑顔が凍りついた。私の両親！　彼女はうなずいて、ほんとうのことを彼に話すべきだろうかと迷った。両親はたとえ生きていたとしても、憎み合うばかりで、いっしょに喜んでくれるわけがなかった。マリリーは肩をすくめ、両親のことは考えないことにした。

「長い間一人でやってきたから、親がいたことなど忘れてしまうことがあるわ」マリリーは金槌をつかんだ。「これは返してきたほうがいいわね。終わったらすぐ返すと、マリアに約束したのよ」

マリリーはとってつけたように話題を変えたな、とジャスティンは思った。金槌のことなどに彼女が気をつかう必要はないのだ。

「大丈夫かい？」ジャスティンはやさしく言った。「ご両親のことを話題にして、君の心を乱すつもりはなかったんだ」

「もちろん、大丈夫よ。べつに心は乱されてないわ」マリリーは満面の笑みをジャスティンに送った。でも、この笑顔はうわべだけだと彼は見抜いてしまうかもしれないと思いながら。「レモネードを飲む？」

ジャスティンはためらったが、やがてため息をついた。マリリーは過去のことをほとんど話そうとしない。でも、いつかは心を開いて、なんでも話してくれるだろうと確信した。

「そうだね。レモネードはいいな。とくにマリアお手製のオートミールのクッキーが残っていたら、いっしょに食べると最高だよ」

二人はキッチンに向かった。ジュディスが会話を立ち聞きしていたのにも、二人がいなくなって、彼女がほくそ笑んでいるのにも、気づかなかった。息子夫婦の姿が見えなくなったのを見届けると、ジュディスは図書室に直行し、電話をかけた。数分して、受話器を置いた。マリリーの過去をさぐるよう私立探偵に頼んだのだ。きっと糾弾できる証拠を見つけてくれるだろうと、にんまりした。そうなれば、マリリーには二度とこの屋敷の敷居をまたがせないですむのだ。

その晩、夕食の席で、ジュディスが料理をつついているのを見て、マリリーは一悶着《もんちゃく》ありそうだと覚悟した。ジュディスの風変わりな癖をマリリーが実に敏感に察知しているのを知って、ジャスティンは滑稽《こっけい》な気がした。でも、マリリーにしてみたら、自分を守るためにしていることだった。ジュディスが歯を見せずに笑うとしたら、それは内心軽蔑《けいべつ》している証拠だった。ジュディスが腹を立てると、左の目尻が少し引きつる。そしてギャヴィンが不快に思うのを承知のうえで、あえてなにかを話題にしようと機会をうかがっているときには、料理をつづくのだ。

ようやくジュディスはフォークを置き、顔を上げて、マリリーにまっすぐ目を向けた。

マリリーの心は騒いだ。しかも、ジュディスは歯を見せずにほほえんでいる。マリリーは最悪の事態を覚悟した。

「マリリー……ダーリン……またとないすばらしいお話があるのよ。私の友達が何人か集まって、赤ちゃん用品のプレゼントパーティをしたいんですって。もちろん、招待状を出す前に、まずあなたに確かめておかないとって、みんなには言っておいたわ。あなたのご家族やお友達の住所を書き出してもらう必要があるでしょう」

ジュディスがそんなことを言いだすとは、マリリーは予想もしていなかった。ジャスティンにちらりと目を向けると、彼は満面に笑みをたたえていた。

「まあ……ほんとうにご親切にうれしいわ」マリリーは言った。「だって、お友達と顔を合わせたのは、ほんの数回ほどしかないのに」

ジュディスの笑顔は、自分では気づかないうちに、冷笑とも言えるものになっていた。

「そうね。私もちょっと驚いているのよ。で……名前と住所のリストを作ってほしいの。友達に渡せるようにね」ジュディスの視線はマリリーの顔からおなかに移った。「早くしないとね。いつ生まれても、おかしくないんでしょう」

ジャスティンの笑顔が消えた。母親の表情に目をやって、目を細め、きつい顔になった。

「あら、私ったら……そんなつもりで言ったのではないのよ。ただ、初めての子供は、いつごろ生まれるか、あまりはっきりしないものなのよ。そのことを言いたかっただけだわ」

ジュディスは喧嘩《けんか》を仕掛けるのが得意なのだが、マリリーはつられまいとした。ジャスティンの腕に手を置いて、そっと握りながら、口を開いた。

「ご存じのように、両親は亡くなりましたし、親族で生きている人もいません。ですから、私から招待したい人はいないので、近くに友達と言えるような人もいません。こちらに来て、そう長くはないので、お友達に伝えてください。アマリロにはいますけど、遠すぎて、赤ちゃんのプレゼントパーティだけのために来てもらうわけにはいきません。それに、その友達は二人とも車を持っていませんし」

ジュディスは眉を上げた。「それはそれは」彼女はつぶやいたが、ジャスティンが妻にした女性の友達の経済状態がその程度だと聞いて、さもありなんと思った。

「母さん……」

ジャスティンの口調には、変なことを言うなよ、という意味合いがこめられていた。ジュディスは大声を出したくなった。このどうしようもない女が現れるまで、息子に不快な目で見られることなど、なに一つしたことがなかった。ところが、今は、することなすこと、息子には気にいらないとみえる。

「お願いよ、ジャスティン・ウエード。私のことを無作法な子供でも見るような目で見ないでほしいわ。あなたの母親なのよ。雇人といっしょにしないでちょうだい。そんな口調は許しませんよ」

「すみませんが、少し新鮮な空気を吸ってきたいので」マリリーは言って、承諾も待たずに立ちあがった。

ギャヴィンもジャスティンもジュディスをにらみつけた。ジュディスはしかたなく声をあげた。「私のせいで立ち去るわけではないわよね。怒らせてしまったのだとしたら、悪かったわ」

マリリーは足をとめて、振り向いた。先週ジャスティンにもらった、ブロンズ色と金色の組みひもの飾りのついた中東風のくるぶし丈のブルーのカフタンを着ている。その服装のせいで、王族のような品格を見せていたが、マリリー自身は気づいていなかった。

「怒ってはいませんよ、ジュディス。おわかりのはずよ。でも、詫びたいと言われるのでしたら、承ります。日ごろから、ささいなことで私に文句をつけたくて、機会をうかがっているんですものね。そんなことはやめていただけたらと思っています。なんにもならないんですから。あなたが認めてくださろうとくださるまいと、私は幸せですもの。だから、つまらない考えを捨ててくれたら、みんな、もっと幸せになれると思いますよ」

そう言って、マリリーは立ち去った。残された三人は一瞬、二の句が告げなかった。最初に我に返ったのはジャスティンで、椅子を引き、立ちあがった。

「ひどいよ、母さん。いつまでも懲りないいんだね。むくれた子供みたいに、いつまでもほじくり返して、ぜったいにあらためようとしないんだ」

ジュディスの目は怒ったようにらんらんと光っている。「そんなことないわよ！」

「黙りなさい、ジュディス」ギャヴィンがきびしい口調で言った。「今夜はさんざん言いたいことを言ったじゃないか」

ジュディスはいきなり椅子を引いて、乱暴に立ちあがった。「あら、なにも言ってないわよ。そんなふうにいやみを言われるのだったら、部屋に戻ります。あの女に、いい話を持ってきてあげただけなのよ。それがこんな形で、はね返ってくるなんてね。とにかく、プレゼントパーティはやめにするように、友達に言っておくわ」

「母さんはしたいようにするんだろう」ジャスティンが言った。「いつだってそうじゃないか。さて、二人には悪いが、僕はマリリーのようすを見てくるよ」

「あら、マリアがデザートをまだ持ってきてないじゃないの！」ジュディスが大声で言った。

ギャヴィンはジュディスをにらみ、立ちあがると、なにも言わずに立ち去った。ダイニングルームにはジュディスだけが取り残された。

ジュディスは憤激のあまり声も出ず、水の入ったグラスを取りあげ、壁にぶつけた。グラスは粉々に砕け散った。そのとき、それが大事にしていたクリスタルのグラスだったと気づき、わっと泣き崩れた。

ジャスティンは中庭でマリリーを見つけた。アームチェアに座り、マリアのまるまるとした雄猫を膝に抱いている。家から出てきたジャスティンを見て、マリリーはにっこりほほえんだ。

「ゴメスを抱くには、膝が小さすぎるのよ」マリリーは大きな黄色の猫の耳をかいてやりながら言った。

「ゴメスは気にしていないみたいだよ」ジャスティンが言った。椅子を彼女のわきに引き寄せて、猫を撫でてやった。心は猫にはなかったが。

「ごめんなさいね」マリリーが言った。「お母さんを挑発するようなことを言うべきではなかったわ。黙って立ち去ったほうが、ずっとよかったのよね」

「君の家なんだ。引きさがることはない」ジャスティンは言って、猫を撫でていた手をマリリーの腕にからめた。「母の反感はそのうちにおさまると思っていたんだが、間違っていたな。でも、君がそのとばっちりを我慢しなくてはならないなんて、ひどい話だよ。明日の朝、父に話をつけるから」

マリリーはショックだった。たしかに二人に出ていってほしいとは思うが、ジャスティンが親といっしょにいたいと思っているのはわかっていた。特に父親とは。自分のせいで、両親が家を出ていくことにでもなったら、いつか将来、そのことでジャスティンにうらまれるかもしれない。マリリーはそれが心配だった。

「忘れましょう」マリリーは言った。「私は気にしてないから……ほんとうよ」

「嘘《うそ》だ」ジャスティンは言って、彼女に身を寄せ、そっと唇にキスをした。「でも、君のやさしさが出ている嘘だな」

マリリーはほほえんだ。瞳に内心の気持ちが映っている。

「女というものは、いつだって愛する男性のために愚かなことをしてしまうものなのよ」

マリリーは小声で言った。

ジャスティンはマリリーを見つめた。彼女の姿は夜の濃い藍《あい》色の闇《やみ》にまぎれ、膝の猫も、彼女の瞳に宿る愛も陰になっていた。

「たった今、あればいいなと僕が思っているものはなんだかわかるかい？」

「なにかしら？」マリリーは尋ねた。

「吹雪さ」

「吹雪？　出産まであと数週間しかないのに？　つまらないことを言わないでちょうだい」マリリーはうめいた。

ジャスティンはにっこりした。「まあ、八月にラボックで雪なんか降るわけはないさ。だから、大丈夫だよ。でも、僕の言いたいことはわかってくれるね」

マリリーはため息をついた。「ええ、わかるような気がするわ」猫を膝から下ろして、立ちあがると、彼女はジャスティンの膝に座った。「二人がいっしょにいたときを考えると、たぶんあのときが最高だったわね」

「まあ……最高でもないが。ただ、のんびりしていたのはたしかだよ」

「赤ちゃんが生まれたら、のんびりなんてしていられなくなるわ」マリリーが警告した。

ジャスティンはほほえんだ。「のんびりした気分なら、さんざん味わってきた。でも、ひどく孤独だった。あんな孤独は二度と味わいたくない。君といっしょに、この家を子供でいっぱいにしたいな」

「ほんとう？」

ジャスティンはにっこりした。「ああ、ほんとうだよ」

「やあ、そこのお二人さん。話に割りこんでもいいかね？　それとも熱々で、私のほうが耐えられなくなるかな？」

マリリーはギャヴィンに手を振った。「ごいっしょにどうぞ。私の椅子に座ってください。私はこちらのほうが楽ですから」

ギャヴィンはマリリーの頭をやさしくたたきながら、そばを通り、椅子に座った。ギャヴィンは二人を見てほほえみ、自分がジュディスを膝に座らせたのはいつだっただろうと思い出そうとした。だが、思い出せなかった。結婚して三十五年以上になるが、あまりそういうことはなかった。

「ジュディスがぶしつけなことを言って、すまなかったね」ギャヴィンはやさしく言った。

「お義母様《かあ》も苦しんでいるんです。私は苦にしていませんから」マリリーは言った。

ギャヴィンはうなずいて、ため息をついた。「君はいい人だね、マリリー。それにしても、君が初めてこの家に来たとき、ジュディスにそそのかされて、侮辱するようなことを言ってしまった。あのときのことは一生悔やむだろうよ」

マリリーは声をあげて笑った。二人の男性は虚をつかれた。「もう一度あんなことを言われなくて、よかったわ。だって、今はお尻を蹴《け》ってあげるような状態ではないんですもの」

ジャスティンはにっこりし、ギャヴィンは笑い声をあげた。「マリリーはほんとうに手ごわいんだ」ジャスティンが言った。「〈ロードランナー・トラックストップ〉で、僕は生皮をはがれたんだ。あのときの彼女を見てもらいたかったね」

ジャスティンがマリリーとのこれまでのかかわりを口にしたのは、初めてのことだった。ジャスティンもようやく、そういうことが言えるぐらい、父親を信用するようになったのかと、ギャヴィンはうれしかった。

「ジャスティンが招いたことなんですよ」マリリーが言った。

「それは私もそうだと思うよ」ギャヴィンが言った。

「おいおい、二人でぐるになって、僕をいじめるなんて、ひどいよ。それに、僕は立派に名誉を挽回《ばんかい》したと思っているんだけどね」

マリリーはジャスティンの腕にもたれた。自分を抱いてくれている彼の力強さと心づかいに心地よくひたりながら。

「ええ、そうよ」マリリーは言った。すると、赤ん坊がいきなり動いたので、彼女は顔をしかめた。「まあ、すごい！　ジャスティン、気がついた？」

ところが、ジャスティンはマリリーを膝から下ろし、キッチンに走っていった。

「どうしたんだろう？」ギャヴィンが尋ねた。

「ジャスティンったら、かわいそうに。共感痛なんです。私が痛いと感じると、彼も同じに感じるんです」

「まさか！」ギャヴィンが叫んだ。

マリリーはかぶりを振った。「ほんとうなんです」

ギャヴィンはあらためてマリリーを見た。「あの子はそこまで君を愛しているんだね？」

マリリーは深まっていく闇の中で、義父の顔をしげしげと見つめた。だが、輪郭がぼんやりとしか見えない。父親の驚いている気持ちは、顔を見なくてもわかった。

「初めは、私もそうは思いませんでした。口では愛していると言ってくれましたけど。でも、今は彼の愛を信じています」

しばらくギャヴィンは口ごもっていたが、やがてわかりきっていることを尋ねた。

「君はあの子を愛しているのかね？　その……心から？」

マリリーはため息をついた。「ジャスティンのことは、永遠の昔から愛していたような気がします」

ギャヴィンはしばらく黙りこくっていた。ようやく立ちあがり、マリリーに手を差し伸べると、暗闇の中で、彼女の手首をしっかり握った。

「マリリー……昔から息子のことは利発な子だと思っていたよ。でも、その息子がした一番賢明なことは、結婚して、君を家に連れてきたことだ」

マリリーは答えようとしたが、それより前にドアが閉まる音がした。ジャスティンが出てきたのだ。

「ダーリン、いつまでも外の暗い中で座っているのはよくないと思うな。父さんといっしょに中に入ってくるんだ。ポップコーンを食べながら、いっしょに映画を見よう」

「映画は私に選ばせてもらえる？」マリリーは尋ねた。

マリリーが中に入ったとき、二人の男性はうなり声をあげた。この前のときもマリリーが選んだのだが、その映画を見ながら、最初から最後まで彼女は泣きっぱなしだった。

「悲しい映画は選ばないわ。ぜったいよ」マリリーは言った。

「君が泣かないという約束なら、好きなのを選んでいいよ」ジャスティンは答えた。「君が泣いているのは見ていられない」

6

それから数日が過ぎた。その間、プレゼントパーティの話が出てくることはなかったので、そもそもパーティの話など初めからなかったのではないかしらとマリリーは考えはじめた。なんとかしてマリリーをやりこめたいとジュディスが思いついて言っただけのことで、そんなことはすっかり忘れているのではないかしらと。おなかの赤ん坊はどんどん大きくなってきたし、ジャスティンはふんだんに愛情を示してくれるので、気が楽になり、マリリーの警戒心は薄れていった。これこそが、ジュディスが待ちに待っていた瞬間だった。

ジュディスは思惑を胸に秘めて、部屋から部屋へとマリリーをさがし歩いた。茶色の封筒を腕にかかえている。この資料をマリリーにどうしても見せてやるのだ。この証拠をジャスティンの妻に突きつけさえすれば、マリリーは一言もなく、しっぽを巻いて引きさがるに違いないと自信たっぷりだった。

「マリア！　ジャスティンの連れ合いを見なかった？」ジュディスはキッチンに入っていきながら、強い口調で尋ねた。

マリアは二人の女性が反目し合っているのは承知していたし、彼女自身は全面的にマリリーの肩を持っていた。といって、マリリーがどこにいるかを隠しておく理由も見あたらなかった。

「外のプールのそばにいますよ」

ジュディスは礼も言わずに身をひるがえし、中庭に続くドアに向かった。プールが見えるテラスに行くのだ。外に出たジュディスは、マリリーのようすをうかがった。ミモザの古木の陰で、アームチェアに座っている。近づいてみると、なんとマリリーはギャヴィンの所有している初版本を読んでいるではないか。

「夫の大事な本をよくも勝手に持ち出したものね」ジュディスはあえぐように言った。

マリリーは眉をひそめた。気分がすぐれないのだ。今一番したくないのは、ジュディスと言い争うことだった。

「持ち出しているのではありません。読んでいるんです。図書室の本は、いつでも好きなときに読んでいいと、お義父《とう》様に許可をいただきました」マリリーは本を掲げてみせた。

「これはO・ヘンリーです。いつか読んでみるといいと思いますわ」

ジュディスは許しがたい裏切りだと感じた。ギャヴィンは妻にも許可していないのに、この成り上がり女に初版本を読んでいいと言ったのだ。ジュディスのほうから許可を求めたことはないが、そんなことは問題ではなかった。問題は道理に合っているかどうかなのだ。

「あら、そんなに読みたいのだったら、これを読むといいわ！」ジュディスは叫んで、マリリーの膝に茶封筒を落とした。

「なんですか？」マリリーが尋ねた。

「自分で読んでごらんなさい」ジュディスはぴしゃりと言った。

マリリーは借りてきた本を横に置いて、封筒を開けた。数ページにわたる書類が入っていたが、まず目を引いたのは、表紙に書かれた〈コルバート探偵事務所〉の文字だった。

マリリーは信じられないという面持ちで、ジュディスを見あげた。「私のことを調べさせたんですか？」

ジュディスは胸の前で腕を組み、歯を見せずにほほえんだ。

「そうよ！　それで、即刻この家から出ていっていただきたいの」ジュディスは断固として従ってもらいますとばかりに、封筒の上に飛行機の搭乗券をぽんと置いた。

マリリーはそれを払いのけて、書類に目を通した。一字一字、目で追っていくにつれ、怒りがつのっていく。

「出ていきなさい！」ジュディスが言った。「空港に行く途中で読めばいいでしょう。それとおなかの赤ん坊が生まれたら、ＤＮＡ鑑定をしてもらいますよ。断じて私の息子の子供なんかではないのだと、きっちり証明させるわ」

マリリーは書類を握ったまま、椅子から立ちあがった。腰が痛み、吐き気がおさまらない。ジュディスの憎しみの表情はまったく消えない。マリリーの堪忍袋の緒は切れた。こんなにひどい環境に赤ん坊を連れてくるなんて、忌まわしすぎる。そんなことをするものですか。ジュディスにはまだわかっていなかったが、彼女はマリリーをじゅうぶん追いこんでいた。

「恥を知ってほしいわ」マリリーはつぶやき、ジュディスの顔に書類を投げつけた。「こんなことをして、なにになると思ったの？　ここにあることは、全部私が知っていることだわ。それに、こういうことを隠そうなんて、ぜんぜん思っていませんから」

「両親は亡くなったと言ったわよね」ジュディスはあざけるように言った。

マリリーは目をくるりとまわしたいのをこらえた。「ええ、そうよ。だって、ほんとうですもの。母は父が引き金を引いた銃弾で負傷し、出血多量で亡くなったわ。父のほうは殺人のかどで、テキサス州の法のもとに死刑に処された。だから、死んだことに変わりはないでしょう？」

ジュディスの顔は青ざめた。マリリーは否定してのけると思っていたのだ。こんなに無残な事実をあっけらかんと認めるとは思ってもいなかった。

「でも、私の息子は……うちでは、そういう人を……つまり、例がないことで……」

「うちだって、例がなかったわ。あんなこと、初めてのことよ」マリリーは言った。「でも、あなたの勝ちよ。私は出ていきます。だけど、あなたが思うような理由からではないわ。あなたみたいに自分勝手で意地悪な人のそばで、赤ちゃんを育てたくないだけ。あなたのことをおばあちゃまなどと呼ばせるのはいやですから」

ジュディスに言葉を返す暇は与えず、マリリーはテーブルから携帯電話を取りあげ、電話番号を押した。呼び出し音が一回で、ジャスティンが出てくれることはわかっていた。

「なにをしているの？」ジュディスは叫んだ。

「まさか、私が娼婦《しょうふ》みたいに夜中にこそこそ逃げ出すなんて思ってなかったでしょう？夫に電話をしているのよ」マリリーは甲高い声を出した。「あなたにどんな仕打ちを受けたか話して、これからどこに行くかを伝えます。そして彼も――」


ジャスティンが生まれたばかりの雄牛の子供に包帯をしおわったとき、トラックの中に置いてある電話が鳴りだした。二、三日もすれば、小さな睾丸《こうがん》はなくなり、食用去勢牛として飼育される。牛がかなり成長してからナイフで去勢するよりも、このほうが簡単だし、与える痛みも少なくてすむのだ。

これで子牛は大丈夫だと、彼はひとまずほっとして手を離し、手袋をはずして、電話に出ようと、トラックに向かった。

だが、ほっとしていた気持ちも、電話に出たとたんにしぼんだ。もしもしと言う間もなく、女の叫び声が耳に入ってきた。ジャスティンの心は沈んだ。マリリーになにかいやなことが起きたのだ。彼は自分の声が聞こえるように大声をあげた。

「もしもし？　もしもし？　いったいどうしたんだ？　きちんと教えてくれないか」

マリリーは自分が電話をかけたのも忘れていて、まるで蛇でも見るように手にした電話を見つめた。すると、ジャスティンの声が聞こえた。彼女はひとまず深呼吸をした。

「ジャスティン、私よ。もうこんな状況は我慢できないの。こんなに激しい憎しみの中で、子供を育てることはできないわ。私や赤ちゃんとかかわっていたいと思うのだったら、帰ってきてちょうだい。荷物をまとめているから」

返事をする間もなく、ジャスティンの耳元で電話は切れた。

「これはまずい」ジャスティンはつぶやいた。まもなく彼はトラックで牧場を横切った。そのあとには、砂塵《さじん》がもうもうと舞いあがった。

ギャヴィンが家に入ったとき、マリリーが電話に向かって叫んでいた。話のようすから、ジュディスがなにかしでかしたのだと察せられた。しかも、マリリーの声の調子からすると、あやまってすむことではなさそうだ。ギャヴィンは声のするほうに急いだが、遅すぎた。マリリーは背を向け、廊下を走っていくところだった。ジュディスが家の中に入ってきた。ギャヴィンは彼女のほうを向き、にらみつけた。

「いったいなにをしたんだ？」ギャヴィンは言って、ジュディスが握っていた書類を奪った。すぐに信じられないという面持ちで、顔を上げる。「マリリーの身元を調べさせたのか？」

「だって、ジャスティンの目を覚まさせなければ――」

「目を覚まさなくてはならないのは、おまえのほうじゃないか！」ギャヴィンはどなった。書類をジュディスの顔に投げつけ、マリリーのベッドルームに向かった。ジャスティンが戻ってくるまで、なんとかマリリーを引きとめなくてはならない。

ジュディスは、信じられないという思いと狼狽《ろうばい》とで、どうしていいかわからなかった。まさかこんな結果になるとは予想もしていなかったのだ。マリリーが黙って家を出ていかなかったのも思いがけなかったし、自分がしたことがこんな大騒動になるとも予想していなかった。

「あなた、どうかしているわよ、ギャヴィン・ウイーラー！　マリリーのせいで、みんな頭がおかしくなっているんだわ」ジュディスは叫んで、足音荒く図書室に行き、ケンタッキーバーボンウイスキーの入ったギャヴィンのカットグラスのデカンターをつかんだ。

「お酒でも飲まなくては！」マリアが入ってきたので、ジュディスは言い放った。

「奥様の気持ちが落ち着かれるように祈ります」マリアはつぶやいた。

「祈ってもらう必要はないわ。ただ、あの女が私の家から出ていってくればいいのよ」

ジュディスは金切り声をあげた。

「ここは奥様のお屋敷ではありません。セニョール・ジャスティンのお屋敷です」マリアはジャスティンの机に午前中に配達された郵便物を置きながら言った。

「おまえはくびよ」ジュディスが叫んだ。

「奥様に雇われているわけではありませんから、くびにされるいわれはありません。雇主はセニョール・ジャスティンですわ」マリアは言って、部屋から出ていった。

「礼儀知らず！　みんな礼儀を知らないんだから」ジュディスはつぶやいて、最初の一口をぐっと飲みこんだ。ウイスキーが燃えるように喉を流れていく。ジュディスは息もつけずにあえいだ。そして、もう一度ウイスキーをつぎ、薬でものむように飲みこんだ。

廊下の向こうでは、マリリーがスーツケースに衣類を投げ入れるそばから、ギャヴィンがそれを取り出していた。

「やめてください」マリリーはすすり泣いた。「わかりませんか？　私はここから出ていかなくてはならないの。いつもいつも喧嘩《けんか》を売られていては、体がもちません」

「君に出ていかれては困るんだよ、ハニー。ジャスティンは君を愛している。私も同じだよ」

なにを言っても、マリリーの耳には届かなかった。ただただ穏やかな環境に身を置きたかった。そして心のどこかでは、ジャスティンに自分の過去を知られたら、どう思われるか、自信がなかった。父親は殺人を犯し、処刑されたのだ。悲しく無残なことだが、避けがたい事実だった。これから先、ジュディス・ウイーラーがそのことを盾にとって、マリリーに文句をつけてくるのは明らかだった。いくらジャスティンを愛していても、そんなふうに一生を過ごすことは我慢できなかった。

マリリーは下着類をひとかかえスーツケースに詰めこんだ。すかさずギャヴィンが出してしまう。やめてと言おうとしたが、その前にジャスティンが部屋に飛びこんできた。ショックで顔が真っ青になっている。マリリーを一目見て、腕に抱きとめた。

「いったいなにがあったんだ？」

マリリーはさめざめと泣きはじめた。「あなたのお母様が……」

「まったく、やっぱりそうか」ジャスティンは父親を見あげた。「いったい母さんはなにをしたんだ？」

ギャヴィンは肩をすくめた。「マリリーにきいてくれ。私が戻ってきたときは、一問着《もんちゃく》あったあとだったんだ」

マリリーはさらに激しく泣きだした。「私のことを調べさせて、私を脅してきたのよ。お義母《かあ》様の家から出ていけと言われたわ。そして、赤ちゃんが生まれたらＤＮＡ鑑定をして、あなたの子供ではないと証明して、それから——」

「あきれたね。母さんはひどすぎるよ」ジャスティンはつぶやいた。

「待って」マリリーが言った。「私の過去のことで、話してなかったことがあるの」

「君に会う前のことなんか、僕にはぜんぜん関係ないことだ。僕だって、天使のような生活をしていたわけではない。君は僕の妻なんだ。僕にとって大切なのはそのことだけだ」

ジャスティンはハンカチを出して、マリリーの顔から涙をぬぐいはじめた。「お願いだ、ハニー。もう泣くのはやめてくれ。君にも、そして赤ん坊にも、よくないよ」

「過去といっても、私のことではないの……でも、ある意味では、私の過去かもしれないわ。ただ、あなたが思うようなことではないのよ」マリリーは大きく息を吸った。「母は……」

「お母さんがどうしたんだい？」ジャスティンが尋ねた。

「父に殺されたの」マリリーは言った。

ジャスティンもギャヴィンも、一瞬、声が出せなかった。だが、先に声を出したのはジャスティンのほうだった。

「かわいそうに、ダーリン。つらかっただろうね」

「父は五年前、テキサス州法のもとに処刑されたわ」

ジャスティンは小さく鼻を鳴らした。「まあ、そのおかげで、少なくとも君のほうの親からは面倒をかけられないわけだ。僕のほうも同じだとは言えないのが残念だよ」

マリリーは笑いだしそうになった。「もっと前にこのことを話さなかったからって、私に腹を立ててはいないの？」

ジャスティンはうめいた。「ハニー、君に関することで、僕が腹を立てることなんかありえないよ」

「私も同じだ」ギャヴィンも言った。「それとジュディスは言い忘れたらしいが、彼女の高祖父は牛を盗んだかどで、縛り首にされたんだ」

そのとき、ジュディスが片手にグラスを、もう一方の手にほぼ空になったデカンターを持って、よろめきながらベッドルームに入ってきた。群集のリンチにあったのだとかいう夫の言葉尻が耳に入ったが、戸口で気を失った。

みんながジュディスを起こそうとするより前に、マリリーが苦しそうに突っ伏した。

「マリリー？　ハニー？」

「破水だわ……赤ちゃんが……生まれるみたい」

「ああ、大変だ」ジャスティンはつぶやいた。「どこか痛むところはあるかい？」

「腰の痛みも入れるのだったら、痛いわ」

「いつごろから痛かったんだ？」ジャスティンが電話をかけに行っている間に、ギャヴィンが尋ねた。

「昼過ぎからずっと。ただの腰痛だと思っていたの」マリリーは答えた。

ギャヴィンはマリリーを支えていた。ジャスティンはこんなときのためにと一週間前に詰めておいた、小ぶりのスーツケースをつかんだ。

「父さん、彼女をトラックに乗せるから、手を貸してくれ」

ギャヴィンはマリリーのわきに腕を入れて、彼女に片目をつぶってみせた。

「いいとも、喜んで」ギャヴィンはやさしく言った。

下腹部から痛みがふたたびきりもみ状に襲ってくる。マリリーはうめいた。

「急いで」マリリーは懇願した。男性二人がマリリーを抱きかかえ、倒れているジュディスをまたいで戸口を出ていく。マリリーは笑いだしそうになった。

すぐにマリリーはトラックに乗せられ、ジャスティンが彼女のシートベルトを締めた。

自分もトラックに飛び乗る前に、彼はギャヴィンのほうを向いた。

「父さん、気を悪くしないでほしいんだが、お願いがあるんだ」

「なにも言わなくていいよ」ギャヴィンが言った。「おまえがマリリーを連れて帰ってきた週に、私たちはオースティンに戻るべきだったんだ。なのに、帰らなかった。でも、過ちをあらためるには、遅すぎることはない」

「ありがとう」ジャスティンは言った。ふたたびマリリーがうめいた。ジャスティンはトラックのほうを振り返った。「行かなくては。生まれたら、病院から電話するよ」

「私の携帯電話を使いなさい」ギャヴィンが言った。「母さんを床から起こして車に乗せることができたら、すぐにオースティンに向かうよ。さあ、早く彼女を病院に運ぶんだ。そして初孫を家に連れてきてくれ、いいね？」


六時間後、クレイトン・ウエード・ウイーラーは難産の末、生まれてきた。

出産に立ち合った看護師がマリリーの腕に赤ん坊を抱かせる。マリリーの目に涙があふれた。ジャスティンと同じ濃茶色の髪。そして、左頬に一つだけえくぼができているのを見て、マリリーはほほえんだ。

「見て、ジャスティン。あなたと同じえくぼよ」

ジャスティンは愛妻の腕に抱かれた、ほんとうに小さな男の子に目を奪われ、ただ見つめていた。指で赤ん坊の頬をなぞる。そして、たしかにえくぼと言えそうな小さなくぼみを撫《な》でた。

「すごいよ……最高だ」ジャスティンは畏敬《いけい》の念に打たれて、マリリーを見つめた。「ありがとう、ダーリン。僕を愛して、僕に息子を授けてくれてありがとう」

マリリーはほほえんだ。赤ん坊の頭のてっぺんにキスをし、小さな手の指をさぐった。

「どういたしまして」マリリーは言って、腕の中で赤ん坊を動かした。「クレイ、パパですよ。ジャスティン、赤ちゃんをやさしく、私を抱くときみたいに抱いてね。そうすれば、傷つくことはないわ」

ジャスティンは目に涙を浮かべて、赤ん坊を抱きあげた。

「感想は？」マリリーは尋ねた。

ジャスティンは赤ん坊を見つめ、それからマリリーに目を向けた。「僕たちは子づくりがとっても上手だと思うな」彼の声は感動にかすれていた。

疲労困憊《こんぱい》して痛みもあったが、マリリーは残っている力を振り絞って笑った。「そのことでは異論なしよ」そう言うと、目をつぶった。「ああ……へとへとだわ」

まだ部屋にいた看護師に、マリリーのその言葉が聞こえた。

「奥様は大変な経験をされたんですよ。赤ちゃんを乳児室に連れていきましょう。どちらにせよ、体重や身長をはからなくてはなりませんから。少し奥様には休んでもらうことにしましょうね」

ところがマリリーはその声を聞き、目を開けた。

「ジャスティン？」

「ここにいるよ、ダーリン」

「赤ちゃんだけど……計測するとき……一人ぼっちにさせないでね」

ジャスティンは大きく息をついて、涙を落とすまいとした。「わかった」そっと言って、マリリーにゆっくりとやさしくキスをした。「子供は大事にするよ。これから君のことも同じように大事にする。それと、ゆっくり休んで、君の体力が回復したら、乾杯をしよう」

「母乳で育てるつもりなら、アルコールは禁物ですよ」看護師が注意した。

「ジュースで乾杯だ」ジャスティンは約束した。

看護師は、それならいいわというようにうなずいた。「なにに乾杯するんですか？」

ジャスティンはマリリーににっこり笑顔を見せた。「まずは……モノポリーと吹雪に」

マリリーは声をあげて笑った。

エピローグ

ジャスティンはテラスを見おろす窓際から、プールの中の妻と息子を見ていた。あと数週間でクレイは二歳の誕生日を迎える。マリリーはその我が子に泳ぎを教えているのだ。そのようすを見ながら、ジャスティンは心がはずみ、鼻高々だった。マリリーはとにかく辛抱強いし、クレイも驚くほどがんばっている。すんでのところで、クレイの存在さえ知らないでいたかもしれないのだと思いいたるたびに、ジャスティンは気分が悪くなるほど胸苦しくなってしまう。そして、マリリーも――この妻がいない人生など、彼には想像がつかなかった。

そんなことを考えているとき、電話が鳴った。

「もしもし?」

「ジャスティン、ダーリン、元気にしてる?」

「元気だよ、母さん。母さんたちはどう?」

「まあまあよ。ただ、今度はいつ来てくれるのか教えてもらえたら、もっと元気が出ると思うわ。かわいい孫のクレイがたくましく育っているのはわかっているけれど、変わらず元気にしている？　あの子はなにをしているの？」

ジャスティンは窓のほうを振り返った。クレイがプール際からマリリーの腕に向かって飛びこんでいく。ジャスティンはにんまりした。

「病気一つしないよ。今はマリリーが水泳を教えているんだ」

「あら、まあ。まさか――」

「母さん」

文句は言わせないよというジャスティンの声に、ジュディスは立場をわきまえなければと思い出した。

「ごめんなさいね。マリリーが立派な母親なのはわかっているわ。だからって、あなたたちのことはいっさい心配しないようになんて言わないでね。そんなこと、できないのよ。なんというか、母親の性《さが》みたいなもので、不幸なことに、この性分はいつまでたっても変わらないわ」

ジャスティンはにっこりした。初めてジュディスが赤ん坊に対面したときのことが思い出される。ジャスティンの小さなころに瓜《うり》二つなのを見てとると、たちどころにマリリーに対する偏見をあらためた。涙まで流して、あやまり、許してほしいと言ったのだ。だが、ジュディスのその気持ちはもう一度、試されることになった。初めてのクリスマス、みんながが牧場でディナーをと集まったとき、ギャヴィンは最初の乾杯の音頭をとった。ジュディスもみんなといっしょにグラスを掲げた。そのときギャヴィンは、ジュディスの高祖父が、つかの間ではあるが、牧畜業にかかわっていたことを、乾杯の言葉に含めたのだった。ジュディスの頬は赤くなった。ギャヴィンがそれとなく文句を言うのではないよと釘《くぎ》をさしたのだとわかり、ジュディスはそれを穏やかに受けとめた。

ジャスティンはそれを思い出して、声を出さずに笑った。ジュディスは電話をかけながら、ジャスティンはろくに彼女の言葉を聞いていなかったのだと気がついた。

「すまない、母さん。なにか言った？」

ジュディスはため息をついた。「来週のいつか、お父様とそちらに行ってもいいかどうか尋ねたのよ。むろん一晩だけのことよ。私はブリッジのクラブがあるし、お父様のクラブの収穫ダンスパーティの準備も手伝わなくてはならないから、それ以上はいられないわ」

「いいよ、母さん。母さんたちが来ることをマリリーに伝えておくよ。出かける前に、電話だけはしてくれるね？」

「よかった」ジュディスは言った。「マリリーとクレイ坊やによろしくね」そう言うと、母親は電話を切った。

ジャスティンは受話器を戻して、窓辺に戻った。そのとき、収益計算などいいから、二はないか。


人のそばに行きたいとむしょうに思った。母がよろしくと言っていたのも早く伝えたいで
「そうしよう」ジャスティンはつぶやいて、オフィスから出ていった。マリリーは家から出た彼に手を振ってくれた。「やあ、ダーリン。我が家の小さな魚のようすはどうだい？」

クレイが甲高い声で叫んだ。「パパ！　僕、小さな魚じゃないぞ。ほら、見て！　見て！　泳げるんだよ」

クレイは水の中で腕や脚をばたばたさせた。プールにいる間、ずっとそうだったように、母親の手がおなかの下を支えているので、安心しきっている。

水があたりにはねあがった。マリリーの顔や髪に、さらにジャスティンのジーンズの足元まで、しぶきが飛んだ。

「こらこら」マリリーは言いながら、クレイを水の中から抱きあげた。「パパのジーンズをびしょびしょにしてしまったじゃないの」

「かまわないよ」ジャスティンは言って、両手を差し伸べた。「僕が抱こう。ちょっとばかり抱きしめてやりたいんだ」彼はマリリーにウインクをし、マリリーはクレイをプールから差しあげた。「それに、どうやら君に初めて会ったときから、天気や自然に体が翻弄《ほんろう》されてしまうんだ」

マリリーは声をあげて笑った。「つまり、天気があなたのアキレス腱《けん》だったのね」

「いろいろな意味でね」ジャスティンは言った。それから、彼はにんまりした。クレイが小さな濡《ぬ》れた両手を父親の頰にあてて、音をたててキスをしたのだ。「母さんと父さんがよろしくって。来週、一晩泊まりに来たいそうだ」

マリリーはうなずいて、ほほえんだ。「車いっぱいのプレゼントだけは持ってこないでほしいわ。クレイのおもちゃはもうたっぷりあるから」

ジャスティンはマリリーを見た。頭からずぶ濡れになって、腰の深さの水の中に立っている。ブルーのセパレートの水着が体にぴったり張りついていたマリリーは、抱いて、というような笑顔を見せた。ジャスティンはあらがいがたい欲望を感じた。

「クレイ坊や、そろそろお昼寝の時間だよ」ジャスティンは言った。

マリリーはモナリザのようなほほえみをジャスティンに向け、プールの縁にのぼった。そして、父親の腕からクレイを抱き取る。

「パパの言うとおりだわ、坊や。今日はとってもがんばったわね。カウボーイのいい子はみんなお昼寝をするのよ」

クレイは下唇を突き出した。「パパもカウボーイだよ。パパもお昼寝するの？」

マリリーは夫を振り返った。その目に映った欲望を受けとめ、ゆっくりとうなずいた。

「ええ、そうよ……パパもベッドに行きたくて、うずうずしているわ。そうよね、パパ？」

ジャスティンは目を輝かせた。「そうとも。ママはおまえを眠らせたら、今度はパパを眠らせてくれるんだ。そうだよね、ママ?」

マリリーは笑った。「まあね」彼女は腕にクレイを抱いて、家の中に入っていく。

ジャスティンはにやにやしながら、二人のあとについていった。

熱いハプニング

◆主要登場人物

ハーレー・ジューン・ボーモント……保険代理店勤務。
マーシー・リー……ハーレーの母親。
デューイー……ハーレーの父親。
サム・クレイ……消防士。
チャーリー・スターリング……サムの同僚。
ティシャ……チャーリーの妻。

1

ハーレー・ジューン・ボーモントは少なくとも五分前から目覚めていたが、いまだに体を動かす気になれなかった。まぶた一つたりとも。頭はがんがん、胃はむかむか、口に残るいやな味。

最後の記憶をたぐり寄せる。場所はラスベガスだ。ウエディングケーキにナイフを入れた親友のスーザンと彼女の新しい夫マイクのために乾杯をした。切れ切れに場面が浮かぶ。永遠に空にならないシャンパングラス。飛びかうテープとお米の雨。テーブル上でおかしくなったように踊るわたし。その眼下を通るウエイターの薄い頭頂部。あとはすべてが霧の中だった。

とにかく今わたしがいちばんしなくちゃならないのは、トイレに行くことね。それにはベッドを出る必要があり、そのためには何はともあれ動かなければならない。三歳以降、一度もおねしょをしたことがないのが自慢のわたしとしては、起きないわけにはいかない。

そろそろと目を開け、ゆっくり浅く息をつく。ここまでは順調ね。部屋にはなんとなく見覚えがある。そうそう、ラスベガス・モーテルだわ。

寝そべった位置から、椅子の背に無造作にかけられた藤色《ふじ》のシフォンのドレスが見えた。ドレスとそろいの靴の片方は横のテーブルの上にあるものの、もう片方は見当たらない。花嫁付添人のドレス……よね、たぶん。

ハーレーはううんとうなって、ベッドの端にじりじりと移動し始めた。動くにつれてこめかみの痛みがますますひどくなる。何もない空間を感じ、動きをとめた。ベッドの端だ。さあ、起きるか死ぬか。膀胱《ぼうこう》が勝利を収めた。おねしょの海で溺死《できし》しているところを発見されるのはごめんなので、しぶしぶ起きあがり、自分をなだめた。死にたければあとでいくらでも死ねるわ。

ベッドの足元の床で寝具が山になっていた。それを迂回《うかい》しながら顔をしかめる。どうりで寒さで目覚めたわけだわ。ハーレーは浴室までの距離をゆうに半分は進んだところで、ようやく自分が裸だと気づいた。服はどこかしら。あたりを見まわすと、ブラジャーはランプのかさにかかり、ショーツはドアノブにぶらさがっている。ハーレーはまた顔をしかめた。少なくともここに母がいなくてよかった。これを見られたらどんなお小言を食らうか。

ハーレーの母親マーシー・リー・ボーモントは、南北戦争の英雄ロバート・E・リー将軍直系の子孫であり、母に言わせると、良家の南部淑女たるもの、裸で寝るなどもってのほかなのだそうだ。でもとにかくわたしは今、気分が悪い。姿の見えない寝巻きなど、とりあえずあとまわし。

浴室のタイルが足の裏に冷たい。体がぶるっと震えた。便器のふたを開けたそのとき、ハーレーは息をのんだ。中で花が咲いている！

かがみこんで顔を少し近づけた。ふんと鼻を鳴らし、スーザンのブライダルブーケを取りだすと、ハーレーはそれをごみ箱にほうりこんだ。まさに失われた週末だわ。とっととシャワーを浴びて、荷物をまとめ、サバナ行きの飛行機に飛び乗って家に帰りたい。あとで吐き気を催さずに物事が考えられるようになれば、気まぐれな記憶と追いかけっこする気になるかもしれないけれど、今は思考も行動も必要最小限に絞りこむことが生き延びる唯一の道だ。

数分後、ハーレーはシャワーの下で、勢いよく顔や体を洗い流すお湯を楽しんでいた。それがすむと、体を拭《ふ》きながらドアの背の備えつけの姿見を眺め、眉をひそめた。ほとんど何も見えない。それもそのはず、鏡が湯気で曇っている。思いたってタオルでひと拭きし、背中を映そうとしたところで、お尻の左側に何か赤いものがちらりと見えた。眉間《みけん》のしわをさらに深めながらもう少し鏡をぬぐい、お尻をもっとよく見るため、横を向いて身をそらした。

喉から漏れたのはひいっというか細い声だけで、ハーレーのショックを表すにはあまりに力不足だった。お尻の左横に見えたのは、赤いハートマーク？　ハーレーは鏡に近づいて目を凝らした。なんと、ハートの中に文字が書いてある。自分の目が信じられず、問題の場所をこすったとたんすくみあがって手を引っこめた。ひりひりする！　タオルを床に落とし、ハート形を指でなぞるうちに、火を見るより明らかな結論が心に染みていった。

「嘘《うそ》でしょう、信じられない。入れ墨《タトゥー》だわ。わたし、タトゥーをしている」

ハーレーはさらに鏡に近づき、ハート形を横目でにらんだ。鏡に映って逆さ文字になっているので、つづりを確認して逆から読むまでに少し時間がかかった。

〝ジュニーはサムを愛してる〟

「サム？　サムっていったい誰よ？」

内容がようやくのみこめると、声が何デシベルか跳ねあがった。サムが誰かはともかく、問題はそこに名前があるということだった。

「なんてこと……お尻に男性の名前を彫るなんて」

ハーレーはうめいて、必死にタトゥーをこすった。充分力をこめればきっと消える、と祈りながら。だがもちろん消えるはずがない。

「ありえない」そうつぶやいた瞬間、寝室で人が動きまわる確かな、そしてぞっとする音が耳に入った。

ハーレーが落としたタオルをつかんで体の正面に押しつけ、ドアに鍵《かぎ》をかけようとしたとき、それが開きだした。

心臓はばくばくし、呼吸は速まる。今にも叫び声が口から飛びだしそうなのに、体がかたまって、喉でつまった。目の前に立っているのは、見たこともないような大男だった。肩幅は戸口いっぱいで、長い筋肉質の脚が床をしっかり踏みしめている。彼はつんつんした短い髪をかきあげた。眠そうな目はブルーで、口をわずかにゆがめてすまなそうにほほ笑んでいる。髪は漆黒。力強い端整な顔立ちだが、鼻は少なくとも一回は折れたことがあるように見える。

だが、抑えていた金切り声をついに解き放つ原因になったのはそのいずれでもなく、男性が全裸だという事実だった。

ハーレーは思いきり叫ぶと、懇願を始めた。「お願い、傷つけないで！　怪我《けが》だけはさせないでください！　財布はそっちにあります……たぶんどこかに。持っていってかまわないわ。なんでもどうぞ。だけどお願いだからこっちには来ないで！」

男性はほほ笑み、さっきハーレーが出たばかりのベッドを肩越しに眺めた。

「ハニー、きみはもうすべてをぼくにくれたよ。それに加えてゆうべはさらに……」

ハーレーはタオルを顎まで引っぱりあげ、男性をにらみつけた。

「いったいなんの話？」

男性はまた彼女に目を戻し、にやりとした。

見開いたハーレーの瞳は、無意識のうちに二倍の大きさになっていた。彼女はヘアブラシをひっつかむと、銃よろしく彼につきつけた。

「そんなの嘘よ。近寄らないで、この変態」

男性は彼女を抱きあげると、ゆっくりとろけるようなキスを始めた。唇が触れあった瞬間、ハーレーは思った。この感覚、記憶にあるわ。それ自体に意思があるかのように、唇が彼の唇に合わせて丸まった。〝やめなさい〟と良識がとめるのも聞かずに、彼を二度と放したくないと思っている自分がいる。悔しいことに、先に身を引いたのは男性のほうだった。彼はハーレーを床に下ろすと、新しいタオルを手に取って、彼女の背中を拭き始めた。もう何千回もそうしてきたかのように。

ハーレーはさっと身を引き、タオルを彼からもぎ取った。

「あなた誰なの？」

男性の笑みが一瞬消えたが、すぐにまた戻った。彼はハーレーのぬれたほつれ毛をそっと耳にかけた。

「変態じゃないよ、ハニー。ぼくはきみの夫だ……そしてきみはぼくの妻」

「妻ですって？　冗談はよして。わたしは誰の妻でもないわ！」ハーレーは叫び、その耳障りな声に自分で顔をしかめた。頭がますます痛くなる。

男性は彼女に手を伸ばし、左手の薬指の金の指輪をやさしくなでた。

「ずいぶんと忘れん坊なんだな」彼はハーレーの手を持ちあげて指輪にキスしたあと、手のひらのほうを向けてそこにもキスをした。

電流に似た何かがおなかの奥を走りぬけ、両脚の間で渦を巻いた。ふいに脚の力が抜け、ぎょっとして深呼吸する。ただ、突然の悩ましい緊張も、薬指にゆうべはなかったはずの指輪があるという事実をうやむやにするには不充分だった。

「ねえ、誰なのよ？」ハーレーはつぶやいた。

男性は彼女をまじまじと見て、頭を振った。

「いとしいジュニー……後生だから、ぼくの名をもう忘れたなんて言わないでくれよ」

ジュニー？　お尻のタトゥーが頭にぱっと浮かんだ。〝ジュニーはサムを愛してる〟

「サムなの？」

「そうこなくっちゃ」彼はハーレーの手からタオルを取り、二人の間の床に落とした。

ハーレーは男性の目によぎる欲望を見て、身震いした。その瞬間、動こうにも動けなくなった。

「誰もわたしをジュニーなんて呼ばないわ」

彼の青い瞳に影が差した。「ぼくはそう呼ぶんだ」男性はおもむろにハーレーを抱きあげた。

「何するのよ」

「妻と愛を交わすんだ」

「わたしは妻なんかじゃ……そんなこと、できないわ……」

彼はハーレーの言葉を唇で封じ、彼女をベッドの中央に下ろすと、ぬれたままの体に覆いかぶさった。

「いや、きみはぼくの妻だし、もちろんできるさ」サムが言った。「それもすばらしく上手に」

たとえハーレーに抗議する気力があったとしても、謎《なぞ》の男サムのキスがそれを消し去った。彼の体の重みを感じたとき、ふいに悟った。この感覚、覚えがあるわ。ああ、どうしたらいい？　でも、二人のしたことがすべて間違っていようと、彼と愛しあうことだけは正しいような気がした。

ハーレーが再び目覚めたのは、午前十一時十分過ぎだった。ただし今回は、今自分がどこにいるか、はっきりわかっていた。まだ頭ががんがんする。その痛みも最悪だけど、今わたしを抱いて眠っている男に比べればいくらかましね。

サム。彼は自分をサムと呼んだ。

パニックと闘いながら目を閉じ、気持ちを必死に否定しようとする。おなかの上の彼の腕の重さがやけに心地よく思えること。こんなふうに安心感を覚えるのは、懐かしい両親の家を出て以来初めてだということ。

それにあのセックス。

信じられないけれど、二人の情熱は一気に燃えあがった。ベッドに運ばれてから、体に火がついたかと思ったことが二回。でもあくまでそれは体の上のことだわ。母に言わせれば、育ちのいい南部淑女は、色恋ではなく、家柄や裕福さを基準に結婚相手を選ぶもの。

大きく深呼吸して気持ちを落ちつかせ、そろそろと彼の腕の下から脱けだした。どんなに引力を感じても、とにかくこの男性から離れなくては。方法はわからないけれど、この結婚を解消しなければならない。ここはラスベガス。結婚するのが簡単なら、離婚するのも簡単なはずよ。

息をつめ、ゆっくりと慎重にサムの腕から逃れると、ベッドから出た。立ちあがったところで、彼を振り返る。知らず知らずタトゥーに手が触れ、ハーレーはまたずきんと痛みを感じて、あわてて手をどけた。タトゥーはまた別問題よ。ひょっとすると、この赤いハートより、結婚とおさらばするほうが楽だったりして。

ハーレーは、サムのセクシーな唇や、頬に影を落とす黒いまつ毛を見つめた。確かにすてきな人だわ。彼女はため息をついた。本当に、すごくハンサム。つまり、酔っぱらっていても男選びのセンスはなくさなかったってことね。なくしたのは良識だけ。

でもようやく目が覚めた。悲しいくらいしらふ。ここから逃げなければ。それしか手立てはないわ。できるだけ音をたてないように服を着て、荷づくりを始めた。まずドレスを鞄《かばん》につめこむ。鞄のボタンやジッパーなどにかまっている暇はない。化粧台から時計を取ろうとして、ポラロイド写真と、その下の書類に目がとまった。

ああ、神様。

それは結婚式の写真と結婚証明書だった。写真を手に取り、光にかざして目を近づける。二人の表情を見たとたん、ハーレーは泣きたくなった。なんて幸せそうなのかしら。そこに写った自分の顔をまじまじと見た。正体をなくすほどへべれけだったはずなのに、ごくふつうに見えたので少しほっとした。ここで母マーシーの教訓をもう一つ。良家の淑女は物笑いの種になってはならない。

ハーレーはため息をついて写真を置き、証明書の下からもう一枚写真がのぞいているのに気づいた。手に取ったとき、うめき声をかみ殺すので精いっぱいだった。二人の間に立っている男性は牧師とは到底思えなかった。でもだったら何者なの？　彼らの背後には祭壇があり、ハーレーは友人スーザンのブライダルブーケを手にしている。彼女は目を近づけ、なぜそこにエルビス・プレスリーもどきが写っているのか、理由を必死に探そうとした。リーゼントにした黒髪と顎まで伸ばしたもみあげは、てかてかと油で塗りかためられている。スパンコールで飾りたてられた白いジャンプスーツは、ハーレーが通う教会の牧師の厳粛な黒い法衣とは似ても似つかない。結婚証明書を見下ろし、目を見張った。式を挙げたのは、昔からずっとそうしようと心に決めていた、母が挙げたのと同じサザン・バプティスト教会ではない。よりによって、エルビス気取りの牧師の仕切りで、ラブ・ミー・テンダー礼拝堂なる場所で結婚したのだ。

わたしったら、いったい何を考えていたの？

ハーレーは肩を落とした。そこが問題だったのよ。わたしは何も考えていなかった。そしてどうやらサムのほうも。彼女はベッドのほうを再び見て、彼がまだ眠っていることに感謝しながら書類に目を戻した。

サミュエル・フランシス・クレイ。彼の名前ね。

〝母親が大のフランク・シナトラのファンでね〟

ふいに記憶がよみがえり、ハーレーは身震いした。わたしの肩越しに自分の名前を書きながら、彼はそんなふうにミドルネームの意味を説明してみせたっけ。

ハーレーの口元が震えた。今やわたしの名はハーレー・ジューン・クレイ。

彼女はもう一度振り返り、まだベッドの中にいる男性を今度はしばらく見つめて、おもむろに結婚指輪をはずした。しだいに気持ちが沈んでいく。頭の中で、それは結婚した以上のあやまちかもしれない、としきりにささやく声がする。だが、この袋小路から抜けだすには、ほかに方法が思いつかなかった。ゆっくりと目をそらし、化粧台の上に指輪を置くと、バッグを持ち、そっと部屋を出た。

しばらくして、サバナ行きの飛行機がついに離陸したとき、初めてハーレーは泣いた。そのときになっても、自分が泣いているのは、見ず知らずの男性と結婚して人生を台なしにしてしまったせいなのか、それとも今まで味わったことがないほどの幸せを捨ててしまったせいなのか、わからなかった。

ジョージア州サバナ。四日後。

机の上の電話が突然鳴りだし、ハーレーは考え事から我に返った。

「ターナー保険代理店でございます。ああ、どうも、ミセス・ピーボディ。ええ、お話は社長に申し伝えました。いいえ、あいにく社長はまだ会議から戻っておりません。ええ、またお電話があったこと、必ず伝言いたしますわ。いいえ、はぐらかしてなんておりません。ええ、嘘をつくなんて失礼はけっして。はい、ミセス・ピーボディ、母にもひと言伝えておきます。お電話ありがとうございました」

「ミセス・ピーボディ、まだご機嫌斜めなの？」

ハーレーは同僚の保険代理人ジェニファー・ブラウンリーに目をやり、ため息をつきそうになった。

「お察しのとおりよ」

ジェニファーが笑った。

「ああ、そうそう。あなたがお昼に出ている間に、お母さんから電話があったわよ」

ハーレーは天を仰いだ。ママったら、まだほかに用があるっていうの？　スーザンの結婚式から戻って以来、母は警官の取り調べかと思うほどハーレーを質問攻めにした。結婚式の様子に始まって、出席者の名前を一人ひとり挙げさせられた。質問するとき母はいつも、ごくわずかしか口を開けない。母マーシー・リー・ボーモントを心から愛してはいるけれど、かなりの気取り屋だということは否めない。

ハーレーは受話器を取って、両親の家の番号を押した。二つ目の呼びだし音で応答したのは父だった。ハーレーは耳慣れた声に口元をほころばせた。

「もしもしパパ、ハーレーよ。ジェニファーから、さっきママから電話があったって聞いたの。家にいる？」

「ああ。キッチンでアルミホイルにアイロンをかけている」父が言った。「呼んでこようか？」

ハーレーはくすりと笑った。母の吝嗇《りんしょく》ぶりを知らない者はいない。父デューイー・ボーモントは資産家だ。ボーモント家の屋敷や生活スタイルを見ればそれはすぐにわかる。にもかかわらず、さっさとしまわないと取り立てにあう、とでも言わんばかりに、母は小銭をけちけち貯《た》めこんでいる。使ったアルミホイルは洗ってアイロンがけし、用をなさなくなるまで何度も使うのも、母の妙な習慣の一つだ。昔から、それが母の性分なんだとあきらめていたし、父がその癖だけは一人娘に遺伝しないでほしいと祈っていることも、ハーレーは知っていた。

「あとでいいわ。なんの話かパパに見当はつかない？」ハーレーは尋ねた。すると父がくすくす笑いだした。

「いや、だが母さんは、スーザンの母親のベティ・ジーンと話した直後に電話をしていたぞ」

ハーレーは一瞬どきっとしたが、すぐに落ちつきを取り戻した。あわてなくても大丈夫よ。わたしがサム・クレイと姿を消したころには、スーザンはとっくにいなくなっていたはず。ハーレーは受話器をぎゅっと握った。あの晩のことをもっと思いだせれば、こんなに不安にならずにすむのに。

父のおしゃべりにつきあううちに、ハーレーの心は違う方向へとさまよいだし、やがて一直線にサム・クレイのほうに向かった。最後に見た彼は、ほとんど全裸で、眠るアドニスのようにモーテルのベッドに横たわっていた。あのままモーテルに残って、愚行の結果を潔く引き受けたらどうなっていたかしらと思うこともある。でもすぐに理性がよみがえり、立ち去ったのは正しい選択よと納得する。もう少しして自分の愚かさにきちんと向きあえるようになったら弁護士のところに行き、離婚の手続きを取ろう。記憶さえ残っていない出来事に縛られるなんてごめんだわ。

そこでハーレーはため息をついた。思いだせることといえば、世にもすてきな男性との甘い愛の交歓だけ。ハーレーは、横道にそれがちな良心に言い聞かせる。忘れなくちゃだめよ、そんなこと。

「それで、母さんに言ったんだ。おまえが口を出す問題じゃないってね。だが、母さんのことはおまえもよく知っているだろう?」

ハーレーは目をぱちくりした。父の話をまったく聞いていなかったことに気づいた。

「ええ……そうね、そのとおりよ」

デューイーは躊躇《ちゅうちょ》した。娘のいわば〝女の幸せ〟にかかわる微妙な話題を切りだすなんて、確かに自分らしくない。だが、この世で娘ほど大切なものはないし、娘が人生を無駄にするのは見たくなかった。ハーレーはもう二十七歳だというのに、まだ婚約さえしていない。サバナでは、若い娘はたいてい何人かの男から求婚された末に、ふさわしい相手を見つけるものだ。ところがハーレーは花婿探しにまるで興味がないように見える。年ごろの娘ならいちばん熱中するはずなのに。デューイーにはそれが心配でならなかった。娘には幸せになってほしかったし、年老いて一緒に遊ぶこともままならなくなる前に、足元にまとわりつく孫の姿が見たかった。だから彼は咳払《せきばら》いして、思いきって切りだした。

「ハーレー、ラスベガスは楽しかったかい?」

またハーレーはどきっとした。後ろめたさに胸がつぶれそうになる。嘘をつくのは気が引けたけれど、真実を打ち明ければ、ばかとののしられても文句は言えない。

「もちろんよ、パパ。スーザンとマイクはすごくすてきなカップルだったし、結婚式もすばらしかったわ」

デューイーは眉をひそめた。「でも、おまえ自身はどうなんだ？　本当に楽しんだのかい？」彼は笑いを漏らした。「わたしがおまえぐらいのころは、少なくともカジノには行ったはずだし、それからショーを見て……つまり、つまらない日常に戻る前に少々派手に騒いだものだぞ」

いっそ話してしまおうかとも思う。だけど、どう話せというの？　〝もちろんよ。パパには想像もつかないくらい、はめをはずしたわ。一晩中飲んで騒いだだけでなく、エルビスの媒酌で初対面の男性と結婚までしたの〟とでも？　だが、口から出てきたのは別の答えだった。

「すばらしい結婚式だったのよ。思う存分ダンスをしたし、シャンパンだって飲んだ。それじゃ不満かしら？」

デューイーはため息をついた。「いや、少々おまえが心配なだけさ。父親は娘を心配するのが仕事だ。悪く思わないでくれ。ただ、おまえが母さんみたいになるのを見たくないんだよ。母さんのことは心から愛しているが、娘までボタンやらアルミホイルやらを貯めこむようになってはやりきれん」

ハーレーは吹きだした。「わかっているわ、パパ。そうならないと約束する。もう仕事に戻らなくちゃ。今夜電話するってママに伝えてくれる？」

「わかったよ。愛してる、ハーレー・ジューン」

「わたしも愛してるわ、パパ」

電話を切ったとき、ハーレーはまだにこにこしていた。パソコンの前に椅子を戻そうとして、通路の向こうのジェニファーに目をやったちょうどそのとき、突然彼女が目を見開き、大げさにうめき声を漏らしてみせた。

「大変！　わたし、恋に落ちたみたい」

「何を言ってるの？」ハーレーが尋ねた。

ジェニファーが指を差す。

ハーレーは振り返った。

「ああ、神様」

彼女の笑みが消えた。サム・クレイが机越しに身を乗りだし、彼女の唇にしっかりと唇を押しつけてきたのだ。彼はそっとささやいた。

「愛するジュニー、ぼくは神様じゃない、サムだ。お尻にタトゥーをしてあるくせに、なぜいつまでたっても覚えてくれないんだい？」

ハーレーは弾《はじ》かれたように立ちあがり、とっさに逃げだそうとした。ハーレーの意図を読んだサムは、彼女とドアの間に立ちはだかった。

「ここで何をしているのよ？」ハーレーが尋ねた。

「きみを連れ戻しに来た」サムはそう言って、ハーレーの椅子の背から彼女の上着を手に取った。「バッグはどこだい？」

ハーレーは早口にまくしたてた。「今は無理よ。仕事中だもの。そうでなくても、あなたにはそんな権利はない――」

「きみはぼくの妻だ。だからぼくにはその権利がある」サムは冷静に言って机の下をのぞきこみ、ハンドバッグを見つけてそれも手に取った。

そんな彼も、自分の言葉が巻き起こす騒動については予想していなかった。ハーレーが反論しようとしたところで、ほかの二人の保険代理人と彼らの秘書、それに郵便係が口々に言いたいことを言い始めたのだ。驚きの声のあと、おめでとうの歓声がわき起こった。

サムは顕微鏡の下の虫になった気分だったが、ひるまなかった。ラスベガスのモーテルで目覚め、ハーレーの姿がないのに気づいて以来、二時間と続けて寝ていない。おまけに、彼女の指輪が化粧台の上にのっているのを見つけてからずっと、胃がきりきり締めつけられる思いだった。結婚したのは愚かで衝動にまかせた行動だったとわかっていたし、その指輪を手にした瞬間、自分も彼女にならってさっさと家に帰り、すべて忘れようかとも思った。だがその考えはベッドを見たとたんに吹き飛んだ。愛しあったとき二人の間に生まれたあの魔法を思いだしただけで、行動を起こすには充分だった。彼は次の便でオクラホマシティの自宅に戻ると、その後四日間体を空けるために仕事のシフトをなんとか組み直し、すぐにサバナ行きの飛行機に飛び乗った。

保険代理店に到着し、机で電話をしながら笑っている彼女を見たとたん、自分の行動は間違っていなかったと確信した。あとは、ハーレーを説得するだけだ。

最初にハーレーの横に陣取ったのはジェニファーだった。彼女はサムにウインクし、ハーレーを抱きしめた。

「ハーレー・ジューン！　どうして黙ってたのよ！　ねえ、いつのことなの？　早く新郎を紹介して！」

ハーレーは口をぱくぱくさせたが、言葉が出てこなかった。サムは、誰かが答えなければならないとすれば、ここは自分の役目だと悟った。

「結婚して四日……いや、まもなく五日になります」サムが言った。「場所はラスベガスで」

彼が自然にジェニファーにほほ笑んだ。ああ、あと十五歳若くて、独身だったら……ジェニファーは思った。

「それから、ぼくはサム・クレイです」彼はそうつけ加えて、手を差しだした。

ジェニファーはくすくす笑った。「はじめまして、サム・クレイ。わたしはジェニファーよ」

　そのとき、社長のウェイモン・ターナーが部屋に入ってきた。

「いったい何事かね？」

　ハーレーはうめいた。戻ってきたら社内がパーティ会場になっていたなんて、ボスになんて言いわけすればいいの？

「その、ミスター・ターナー……ミセス・ピーボディから四回も電話がありました。ひどく怒っていらっしゃって――」

　サムが手を差しだした。「ミスター・ターナー、サム・クレイと申します。はじめまして。いささか勝手ではございますが、ジュニーは辞表を提出させていただきます」

「ジュニーって誰だ？」彼は尋ね、それからサムをまじまじと見た。「きみを存じあげていただろうか？」

　ハーレーは目をぐるりとまわし、サムを肘でつついた。「誰もわたしをそんなふうに呼ばないって言ったでしょう」それから無理に笑顔をこしらえ、説明を試みた。弁解しても事態をこじらせるだけだとわかってはいたけれど、口をつぐんでいるわけにはいかない。「わたしのことですわ、ミスター・ターナー。サムは……その……ラスベガスでわたしたち……」

「ぼくは彼女の夫です」サムが言った。「ジュニーを連れ帰るためにここに来ました」

　今やターナーはすっかり混乱していた。ハーレーに目をやり、その表情から場の空気を読もうとしたものの、彼女の顔にも困惑とパニックが浮かんでいるだけだった。ハーレーの気持ちだけはしっかり伝わってきた。

「きみが結婚していたなんて知らなかったな。いつのことだい?」ターナーが尋ねた。

「およそ五日前の午前四時十五分、場所はネバダ州ラスベガスのラブ・ミー・テンダー礼拝堂です」サムが答えた。

　ジェニファーがきゃっと金切り声をあげた。その年の女性にはなかなかできることではないが、彼女はみごとにやってのけた。

「すてき！　なんてロマンチックなの！　すぐにでもジョンソンに報告したいわ！」

　ハーレーはうめき声を漏らした。

　サムがほほ笑んだ。「さあ、腕をあげて、ダーリン」さっきハーレーの椅子の背から手に取った上着を、抗議しようとする彼女に着せかける。

「ほら、バッグを持って」

　ハーレーはそれをひったくると、盾のように胸の前で持った。

「黙って従うと思ったら、大間違い――」

「さあ、行くよ」彼はバッグの長いひもを彼女の肩にかけ、その肘を支えて、ドアのほうに導いた。「みなさん、お会いできて光栄でした。オクラホマシティにおいでになる機会があれば、いつでもご連絡ください」

ハーレーはぎょっとした。

「行かないわよ、わたし」

ふと気づくと、すでに二人は表通りに立っていた。

「ねえ聞いて、サム。こんなばかなこと――」

サムが両手で彼女の顔を挟みキスをした。

ハーレーの抗議の声は、良識の最後のひとかけらと一緒に消えうせた。すべてがどうでもよくなった。頭を占領しているのは、自分の顔を包む彼の手の感触と、唇を悩ましく吸う彼の唇、そして彼のコロンの香りだけ。彼の香りをまたこんなふうに胸いっぱいに吸いこみたい。ずっとそう願っていた。サムが顔を上げたときには、思わずうめいてしまった。

サムは笑みを押し殺した。二人はベッドの相性がいいということ以外、こちらには何も決め手はないのだ。彼女が怖がっているのがわかる。くそっ、それはぼくも同じだ。だが、あのホテルのバーに足を踏み入れ、テーブル上にあるポーカーチップの山の真ん中で踊っているハーレーを目にした瞬間、ぼくは我を忘れた。彼女はどうやら花嫁のブーケのように見える花束を持ち、BGMに合わせてくるりと上手にまわってみせたあと、花束をほうり投げた。サムはとっさにそれをつかむと、ふらりと倒れてきた彼女を抱きとめた。まじめな男が母親に紹介したくなるたぐいの女性ではない。家庭を守り、子どもを愛し育てるタイプには見えない——逆に彼はそうなのだが。サムに抱きとめられたハーレーは息をあえがせ、その暗褐色の瞳で彼を見上げると笑いだした。

そのとたん、ぼくは我を忘れたのだ。数時間後、二人は結婚した。この結婚を手放す気はない。少なくとも、一度一緒に暮らしてみるまでは。

「本当にどういうつもり？」ハーレーは尋ねた。「騒ぎを起こしに来たのなら、絶対にわたし……」

サムは彼女の唇に指を押しあて、頭を振った。

「しいっ、ダーリン。騒ぎなんて起こさない。起こすのは愛の嵐《あらし》だけさ。覚えているだろう？」

ハーレーは脚ががくがくした。多くは思いだせないけれど、彼の体の重み、腿の間で汗にまみれながらなめらかに動く彼の腰についてはよく覚えている。

「ああ、助けて」彼女はつぶやいた。

サムは彼女の肩に腕をまわし、待機中のタクシーのほうへといざなった。

「いくらでも助けてあげるし、きみが欲しいものならなんでもあげる」そうささやいてドアを開けた。

「どこに行くの？」彼女が尋ねた。

「ぼくらの乗る飛行機はあさっての朝出発する。つまり時間はあまりないってことだ」

飛行機。その言葉にあわてた。あさって。それまでにはこの泥沼から抜けだす名案をきっと思いつくはずよ。

「なんのための時間？」ハーレーは尋ねた。

サムはタクシーの座席の彼女の横に体をすべりこませた。

「ご両親に挨拶《あいさつ》に行ったり、きみの荷物をまとめたりする時間さ。ほら、家財道具とか」

両親ですって！　冗談じゃないわ！　ハーレーが反論しようと口を開けたとき、サムが身を乗りだして、運転手に彼女の両親の家の住所を告げた。

ハーレーは目を見開いて、サムをまじまじと見た。わたしが結婚した相手はハンサムで危険なストーカーなの？　さもなければ、どうして彼がわたしの両親の住所を知っているのかしら？　ハーレーはできるだけサムから離れて座席の隅に身を縮め、パニックに近い表情を浮かべて彼を見た。

「どうして両親の住所を知っているの？」

「きみが教えてくれた」

「まさか！」

サムはにやりと笑った。彼女がうろたえるのを見るのがしだいに楽しくなってきた。彼女のおかげでこの四日間は地獄だったのだ。少し怖がらせてお灸《きゅう》をすえてやろう。

「本当さ。ほかにもいろいろ教えてくれたよ」タクシーが動きだした。「たとえば……」

一瞬ためらってから彼女に身を寄せ、耳元でささやいた。

ハーレーの目が大きく見開かれた。顔がぱっと赤くなり、口があんぐりと開く。

「そんなこと、わたし、絶対にしないわ」ハーレーは小声で言って、不安げに運転手のほうを見る。幸いこちらには関心なさそうなのでほっとする。

サムがにんまりした。「したとも」

ハーレーは顔から血の気が引くのを感じた。彼は嘘はついていない。なぜなら、その空想を誰かに打ち明けたことなどないのだから。一度たりとも。

「嘘でしょう」

「本当さ」サムが言った。「結婚した日、実際にぼくらはそれを実行した。一度も」

ハーレーは目を閉じ、座席に沈みこんだ。人生が手の届かない方向にどんどん転がり始めている。

2

ハーレーは身動きがとれなかった――サムがこんなに近くにいるせいで、そして、自分の愚かな行動のせいで。彼に食ってかかりたいけれど、どうやらサムはこの結婚に本気らしい。彼が単なるお遊びで結婚の誓いを立てたのなら、事が終わった翌朝にすぐばれたはずだ。わたしがそうしたように、あの場からさっさと立ち去ればそれですんだだろう。なのに彼はわたしを追ってきた。絶体絶命の乙女を救いに来た白馬の騎士のように。

でも今のわたしの状況を表すのに〝絶体絶命〟では言葉が軽すぎるし、彼は白馬の騎士でもなんでもない。タクシーがサバナの街を疾走する中、ハーレーはサムの横顔を眺めるうちに、彼の住所にしろ職業にしろ、何も知らないことに気づいた。するとおのずと、別の疑問が浮かんだ。見ず知らずの女性といきなり結婚するなんて、どういう人なの？　わずか数時間前に会ったばかりの泥酔しきった女性と家庭を持つって、いったい何を考えているの？

ハーレーは、暑さにもかかわらず身震いした。

「サム」

彼がこちらを向いた。「うん？」

「仕事はあるの？」

彼は笑った。「たぶんね」

ハーレーは眉をひそめた。「どういう意味？」

「オクラホマシティ消防署の消防士だから」

「あら」

「やけにそっけない〝あら〟だな。勇敢に火事と闘う男には見えないってことかい？」

ハーレーは二人のセックスの相性について思いだし、はなはだ淑女らしからぬ鼻息を漏らしそうになってこらえた。二人がどんなに激しく愛しあったかを考えれば、ぼくは火を消すことよりつけることのほうが得意だと言われたほうが、よほど信憑性《しんぴょう》がある。あのモーテルで愛を交わしたあと、できれば起きあがって体から煙が出ていないか確かめたいと思ったことが一度ならずあった。もっとも、体を動かせていればの話だけれど。

「別に。ただ少し興味があっただけよ」それからハーレーは続けた。「なぜわたしと結婚したの？」

サムは彼女を見つめた。やわらかな褐色の瞳をわずかに隠す長いまつげ、下唇のセクシーな丸み。いい質問だ。ぼく自身、あれから千回は自分に問い続けてきた。彼はため息をついた。

「ぼくらの初めてのキスを覚えているかい？」

ハーレーは頬を染めて一瞬目をそらし、それから思いきってまた彼を見た。

「情けないけど、全然覚えていないわ」

ゆがんだ笑みがサムの口元に浮かんだ。「もし覚えていたら、そんなことはきかなかったと思うよ」

ハーレーは目を見開いた。ベッドでの二人は確かに恐ろしく激しかったけれど、まさか最初からそうだったはずがない。

「つまり……」

「頭のてっぺんが吹っ飛ぶかと思ったよ」サムはそっと言って、彼女の指に指を絡ませた。

「ねえ、ぼくはもう三十七歳だ。一度ならず地獄を見たし、そこからなんとか生還した。でも女性を相手に、大地がぐらりと傾いたように感じたのは初めてだった」

「わたし、何をしたの？」ハーレーはそう尋ねてから、顔を赤くした。「その……わたしたちがキスしたとき」

「きみはまるで幽霊でも見たかのようにぼくを見つめた。いや本当の話、あのときはきみの気持ちが手に取るようにわかったんだ。五年以上前から、家庭を持ちたいと考えていたのに、これという女性になかなかめぐりあえなかった……きみに会うまでは」

ハーレーは手を引っこめ、代わりにバッグをぎゅっと握った。声が震えている。耳の奥で鼓動が激しく鳴り響き、言葉がまともに聞き取れない。

「でもわたしの言い分だってわかるでしょう？　わたしが妻にふさわしいとどうしてわかるの？　わたしのことなど何も知らないくせに。第一、何が起きたかほとんど覚えてないのよ、恥ずかしいけれど」

「きみのことならたくさん知ってる」サムが言った。

またハーレーの頭を疑念がよぎった。やっぱりわたし、ハンサムなストーカーの餌食《えじき》になったの？

「どうして？」彼女は尋ねた。

サムはにっこりした。「きみが教えてくれたんだ。きみの、曾《ひい》お祖母《ばあ》さんのお母さんであるディヴァインは、シャーマン北軍将軍の部下たちが農園の屋敷の階段に馬で上ったと言って、将軍の頬を引っぱたいた。子どものころ、きみはピエロが怖かった。お母さんがレバーの揚げ物を夕食に出すたび、きみはそれを飼い猫にやっていた。きみは蜘蛛《くも》が苦手だ。幼いいとこが流れの速い谷川に落ちたとき、危険もかえりみず、飛びこんで助けたこともある。それから……」

「もうやめて！」ハーレーはうめいて、顔を両手で覆った。「信じられない。そんなにぺらぺらしゃべっておいて、何一つ覚えてないなんて」

サムは思った。彼女を抱きしめたいけれど、今はそのときではない。ぼくがわざわざここまで足を運んだのは、この結婚ごっこに真剣に取り組もうとしていることを証明したかったからだ。だが、しょせんハーレー自身がその気にならなければ、この結婚はうまくいくはずがない。

「ぼくにもわからないよ」サムが言った。「わかるのは、とにかく試してみたいってことだけだ。きみが必要なんだよ、ジュニー。そして、心の底ではきみもぼくを必要としてるんだと思う。さもなければ、きみだって誓いの言葉を口にしなかったはずだ」

「わたしはジュニーじゃない」彼女はつぶやいた。

「お尻にはそう書いてある」サムが言い返す。

ハーレーはむっとして目を細めた。「紳士なら、そんな無礼なこと、わざわざ言わないはずよ」

何かというと南部紳士を持ちだすハーレーにいいかげん腹が立ち、サムは彼女をにらみつけた。

「紳士がなんだ、ハーレー・ジューン。前にも言ったとおり、ぼくはきみの夫以外の何者でもない」

タクシーが突然とまった。

サムもハーレーも同時に目を上げ、思いのほか早く着いたことに驚いていた。

「目的地に到着したらしい」サムは後部座席から運転手に料金を払うと、スーツケースを持ってタクシーを降り、躊躇《ちゅうちょ》するハーレーの腕を引いた。「覚悟はいいかい？」サムが尋ねた。

「無理よ」ハーレーはサムの腕をつかんだ。「お願い！　どうしたら思いとどまってくれるの？　結婚したなんて言ったら、両親がなんて言うか」

「勘弁してくれよ、ジュニー。きみは二十七歳だ。まだ両親にいちいち指図されなくちゃ行動できないっていうのかい？」

「もちろんそんなことはないわ。でも……」

「じゃあ問題ないね」サムはそう言ってハーレーの手を取ると、かなり強引に彼女を引っぱって目的の家に向かった。スーツケースが彼の脚にぶつかってどすんどすんと跳ねあがる。

ハーレーは、足は動いていたものの、思考は完全に停止していた。今すぐこの悪夢から目が覚めればいいのに。でも父の声が耳に入ったとき、悪夢はまだ始まったばかりなのだと思い知った。

「やあ、ハーレー！　今日来るとは知らなかったよ。ルースおばさんを見においで」

サムもハーレーも声のほうに目を向けた。サムの手が一瞬ぴくりと動いたような気がしたが、自分と同じく彼も緊張しているのだとわかったのは、そのときが初めてだった。

「ルースおばさんって誰だい？」芝生を歩きながら、サムが尋ねた。

「父の薔薇《ばら》苗の一つよ」ハーレーが答えた。「薔薇づくりが趣味なの」

「ああ、そういえば、去年お父さんがサバナ園芸大会で一等賞を取ったと言っていたね」

ハーレーは頭を振った。わたし、ほかに何を話したの？　どれもこれもまるで覚えてない。

デューイー・ボーモントは、つぼみや、五分咲きや、すっかり開いた花々がこぼれんばかりの薔薇の茂みの横でひざまずいていた。香りだけでなく、そのあんず色の洪水にも圧倒される。デューイーはよいしょと言って立ちあがり、膝の土を払った。彼は娘の横に立つ背の高い男性を見ると、彼が持っているスーツケース、そして娘のこわばった表情に目をとめ、いぶかしんだ。

「このズボンの膝を見たら、母さんは卒倒するだろうな」彼はサムにほほ笑み、手を差しだした。「お目にかかるのは初めてだと思いますが」

ハーレーははっとして、すぐにその場にふさわしいマナーを思いだした。

「パパ、こちらはサミュエル・クレイ。サム、父のデューイー・ボーモントよ」

サムもほほ笑んだ。「ミスター・ボーモント、ようやくお会いできて光栄です。ハーレーはあなたのことをほめちぎっていましたから」

デューイーはにっこりした。「ハーレーはわたしの最高傑作だからね」

ハーレーはうめいた。サムが彼女の手をそっと握る。デューイーは眉をひそめた。

「ハーレー、どうしたんだい？　母さんが洗ったシーツみたいに顔が蒼白《そうはく》だ」

ハーレーをちらりと見たサムは、説明役は自分しかいないと判断した。

「ミスター・ボーモント、ハーレーは少々緊張気味なんです」

「ああ、それはわかっている」サム・クレイが一人娘の手をずっと握ったままなのが気になって仕方がない。「説明してもらえるかね？」

「ええ。ジュニーとぼくはラスベガスで結婚しました。ご両親に挨拶《あいさつ》を終えたら、彼女を家に連れ帰るつもりです」

デューイーは困惑の表情を浮かべた。「ジュニーって誰だい？　それと娘がどう関係するんだ？」

「娘さんですよ。ぼくはそう呼んでいるもので」

デューイーの口がぽかんと開いた。「わたしの娘だって？　娘がきみと結婚した？」彼はハーレーをまじまじと見た。「ハーレー・ジューン・ボーモント！　何も言うことはないのか？」

ハーレーは胃がむかむかしたが、意外にも出てきた声は冷静だった。「本当よ、パパ。この人とラスベガスで結婚したの」

「なんてこった」デューイーはつぶやいた。「母さんがなんて言うか」

マーシー・ボーモントが筋金入りの南部女性だということは、サムもすでに承知の上だったが、ハーレーのためならどんな厚い壁にも立ち向かうつもりだった。彼は妻の手を改めて握り、ほほ笑んだ。

「さあハニー。さっそくその答えを聞きに行くとしようか」

ハーレーに話す暇も与えずに、サムは屋敷に歩きだした。彼女も彼を追って走りだし、すぐ後ろにデューイーも続いた。彼らが玄関ポーチの二段目にたどりついたときにドアが開き、マーシーが表に出てきた。丸々とした童顔のまわりに、巧みに赤く染めあげられたカールが躍っている。ピンクのドレスは頬とほとんど同じ色だとサムが気づいた次の瞬間、彼女がこちらに駆け寄ってきた。

「まあ、ハーレー・ジューン！　突然やってきてパパとママをびっくりさせようなんて、ほんとにやさしい子ね！」それから彼女はサムに向かってまつ毛をぱちぱちさせた。南部では男性を虜《とりこ》にするのが女性の務めと気づいた子どものころから、彼女はずっとその技を使い続けているに違いない。「あなたが腕を組んでいるそのハンサムな殿方はどなた？」

「サム・クレイと申します。お目にかかれて光栄です。ハーレーの美しさは誰譲りか、ひと目で拝察いたしました」

マーシーは首を後ろにそらしてにっこり笑った。サムと目を合わせるには見上げるほかなかったのだ。

「まあ、お上手ね」彼女は媚《こ》びるようにハーレーにほほ笑んだ。「こんなにすてきな方を今までどこに隠していたの？」

「戸棚にしまってあったの」ハーレーはつぶやいた。

彼女の言葉を聞いて、サムはにやりとした。かわいそうなジュニー。今日はついてないね。でもぼくはといえば、どんどん調子が上向いてきている。

「五日前、ジュニーとぼくはラスベガスで結婚しました」

娘の花婿候補ではないと知るやいなや、マーシーの表情がこわばった。

「ちょっと待って。ねえハーレー、ジュニーなんてお友だち、あなたにいたかしら？」

サムは笑った。「彼女がジュニーですよ」そう言ってハーレーの肩に腕をまわすと、唇にキスをした。

ハーレーはすぐにそのキスにしびれたが、母のほうは、まるで首でも絞められているかのようにあえぎ始めた。

マーシーは娘の腕をぐいっと引っぱり、サムから引き離そうとした。

「ハーレー・ジューン、いったいどういう……」

サムは落ちついてマーシーの手をハーレーの腕から引きはがし、自分の肘にかけさせた。

「クレイですよ、ミセス・ボーモント。彼女の名はもうハーレー・ジューン・クレイです。太陽の下にいるとうだるように暑いですね。冷たいものでもいただけるとありがたいな」

彼はマーシーの答えも待たずに、彼女を家の中へといざなった。ハーレーと父親は一瞬ポーチに取り残される形になった。

ハーレーは父に目を向け、おずおずと切りだした。

「パパ?」

デューイーはまだショックから抜けきらない様子だったが、しだいに口元がほころび始めた。

「どこで彼を見つけたのか知らんが、あんなふうに母さんの先手を取って操縦してしまう男に会ったのは、生まれて初めてだよ」

ハーレーは涙をこらえてほほ笑もうとした。本当は、父の肩に顔を埋《うず》めて大声で泣き叫びたかった。もうどうしていいかわからない。

「彼を愛しているのかい?」デューイーが尋ねた。

ハーレーは肩をすくめた。「さあ」

彼は眉をひそめた。「どういうことだ?」

ハーレーは神経質につばをのみこんだ。でも嘘《うそ》はつくまい。パパに対しては。それに、これは冗談ですむ話ではない。

「結婚式のことは一つも覚えていないの。次の日目覚めたらベッドに彼がいて、お尻にはハート形の入れ墨《タトゥー》があって」

デューイーは目を見張った。「なんだって？　薬を盛られたってことか？　もしそうなら――」

ハーレーはため息をついた。「いいえ、パパ。薬じゃないわ。わたし、酔っぱらっていたの」

デューイーは信じられないという面持ちで娘を見つめた。だがしばらくすると、口元がぴくぴくと引きつりだした。ハーレーはまもなく二十八歳だ。じつは一人娘が、自分の姉のように未婚のまま年を取るのではないかと心ひそかに心配していた。この手の離れ業をハーレーがやってみせるのは、十一歳の誕生日に担任の先生に〝わたし、大きくなったらストリッパーになる〟と宣言したとき以来のことだ。

彼はくすくす笑いだした。

ハーレーがまじまじと父を見た。

「おかしいかしら？」

「おまえにこんな度胸があるとは思ってもみなかったよ」デューイーは言った。「とにかく、これでおまえも安心して眠れるってものだ。退屈な日常に埋没せずにすむんだから」

それから彼は娘の手を取り、屋敷へと歩きだした。「さあ、急いだほうがいい。せっかくの大一番をみすみす見逃すのは癪《しゃく》だ」

彼らが部屋に入ったとき、サムが上着の内ポケットからきちんと封をした縦長の封筒を取りだしたところだった。ハーレーに気づくと、彼はにっこりした。彼女は身震いした。サムの笑みはキスと同じくらいすごい威力だわ。

「ミスター・ボーモント、ご質問が山ほどあるでしょうし、お嬢さんの身の安全についてもご心配だと思います」彼はデューイーに封筒を手渡した。「中にあるのは、ぼくの取引銀行の担当者、上司、牧師それぞれの名前と連絡先です。両親は他界しましたが、弟が一人、妹が二人、みなオクラホマに住んでいます。彼らの名前と電話番号も一緒に書いてありますが、彼らの言うことをうのみにしないでいただければ幸いです。ぼくが長男でいちばん大人ですから、どうしてもあれこれ指図することになる。連中はそれがおもしろくないんです」

またもやデューイーは、サムの率直さに意表をつかれた。

「ああ……ありがとう。もちろん心配しているとも。あとで何件か電話をかけてみよう」

それからデューイーは妻に目を向けた。ふだんより二段階は顔の赤みが増している。「マーシー、きみの自慢のレモネードでも振る舞ったらどうだい？」

ぶつぶつと文句を言っていたマーシーは、ついに金切り声をあげた。「自慢のレモネードを振る舞えですって？　それが今ここで言うべき言葉かしら？　娘が見ず知らずの男と結婚してしまったというのに、あなたの望みはレモネードだっていうの？」

「できればもう少し強い飲み物がいただきたいものです、もしあればの話ですが」

マーシーの口があんぐりと開いた。ハーレーは笑いをかみ殺した。デューイーが書斎のサイドボードに向かった。いざというときのための気つけ用ウイスキーがそこにはしまってある。まさに今がそのいざだとデューイーは判断した。

「夕食までいられるんだろう?」自分とサム用にグラスになみなみと琥珀《こはく》色の液体を注《つ》ぎながら、デューイーが言った。

マーシーがうめいた。「デューイー！ 取り返しのつかないことをしようとしている二人を、手をこまねいてただ眺めているつもり?」

「いいえ、取り返しのつかないことならもうしてしまいました」サムがハーレーにほほ笑んだ。「じつはもう何度か。ねえ、ダーリン?」

ハーレーはサムの首を絞めてやりたかった。両親の前でセックスについてほのめかすなんて、いったいどういう神経なの?

ハーレーが答えようとしないので、サムはウインクしてにんまり笑った。「喜んで夕食をごちそうになります。そうだよね、ジュニー?」

「そう呼ばれても絶対に返事はしないわ」ハーレーはそうつぶやいてから、ウイスキーを指さした。「パパ、わたしにも一杯くれない?」

デューイーは躊躇した。「なあ、さっきの話を聞くかぎり、おまえに酒は勧めたくないな」

サムはデューイーの反対を無視して、自らのグラスをハーレーに渡し、自分にはまた別のグラスにウイスキーを注いだ。

「逆ですよ、ミスター・ボーモント。ジュニーほど芯《しん》のしっかりした女性にはお目にかかったことがない。まったく、ひと目惚《ぼ》れでした」

娘をちらりと見て、マーシーがガっくり肩を落とした。消え入りそうな声で彼女が言った。

「あなたが結婚したなんて」

ハーレーはウイスキーをまるで水のように一気に飲み干し、むせて涙ぐみそうになった。鼻から火を噴かずに息ができそうになると、ようやく答えた。

「ねえママ、わたしだって信じられないわ。でも実際にお尻にはタトゥーがあるし、薬指の指輪もそれが現実だと訴えている」彼女はグラスを勢いよく置いた。「さて、じゃがいもでも剥《む》こうかしら。運がよければ、包丁がすべって手首がばっさり切れ、みんなの失望と嘆きに終止符が打たれるかも」

ハーレーは大股で書斎を出ていった。もちろん母がすぐあとを追ってくると承知の上で。

「タトゥー？　タトゥーですって？」マーシーは叫び、首を手で押さえた。「デューイー、今のを聞いた？　ハーレーが体に彫り物を入れたなんて！」

これまでの経過に、デューイーとしてはすこぶる満足で、さっそくもう一杯ウイスキーを注いだ。

「マーシー、ハーレーを手伝って、夕食の用意をすませたらどうだ？　サムがどうかは知らんが、わたしはもうおなかがぺこぺこなんだ」

マーシーは両手を投げだし、急ぎ足でキッチンに向かった。道徳がどうとか伝統がこうとか、ぶつぶつ文句を言いながら。

針のむしろのハーレーにはかわいそうだが、サムにはどうすることもできなかった。ハーレーとの結婚はあきらめられない。最初に自分の意志をはっきりさせておいたほうが、みんなのためなのだ。


「ミセス・ボーモント、このフライドチキンは絶品です。衣をつける前にバターミルクに浸されたのでは？」

マーシーは驚くどころではなかった。自分の面目が丸つぶれだという動揺と娘がタトゥーを入れたというショックの間で、思いはずっと行ったり来たりしている。そこへもってきて、ぼくがあなたの義理の息子ですとにこやかに宣言した男が、何を尋ねるかと思えば、チキンを料理するのにバターミルクを使ったか、ですって。ばかげているにもほどがある。

「ええ、まあ、浸したわ」彼女はつぶやいた。

サムがうなずいた。「そうだと思いました。祖母もまったく同じやり方をしていたものですから。バターミルクなしでは揚げる価値がないと言って」

マーシーはつい興味をそそられた。どんな形であれ、祖先の話は聞き捨てならない。

「わたしの祖母は料理はしなかったの」マーシーが言った。

サムが眉をひそめた。「ほう。ご主人がずいぶん奇特な方だったのでしょうね。ご家族の食事はいったいどうなさっていたんです？」

マーシーが人を小ばかにしたように鼻をつんと上げたのを見て、ハーレーは顔をしかめた。答えはわかっていたけれど、尋ねたのはサムだからわたしが口出しできる立場じゃない。

マーシーが口をきゅっとすぼめた。「あら、料理人を雇っていたのよ。当時の上流階級ではみんなそう」そこで一つため息をつく。「ああ、古きよき時代よ」

デューイーが鼻を鳴らした。「おまえだって掃除はしないし、料理をするのはこの間のイースター以来だ。そんなに嘆く必要はないだろう？」

サムが大笑いしたので、マーシーはすっかりむくれてしまった。

とにかく、この夕べに一刻も早く幕を引きたい。それだけがハーレーの願いだった。

「ぼくの出身は、自分で料理も掃除もするような家柄ですので」サムが言った。「ぼく自身、消防署の勤務の合間にちゃんと家事をしますよ」

デューイーは身を乗りだし、テーブルに両肘をつくと、サムを興味深そうに見つめた。

「サム、なぜ消防士になろうと思ったんだい？」

サムは肩をすくめた。「さあ。ただ、子どものころからのあこがれでした」彼はハーレーを見た。彼女の顔に浮かぶ〝今すぐここでわたしを撃って、すべてを終わりにして〟と言いたげな表情を消せるような、何か気のきいた冗談でも言えればいいのだが。「実際、この仕事が……ええ、気に入っています」

「でもすごく危険だろう？」デューイーが言った。「夕食の席で持ちだす話じゃないが、あの連邦ビルが爆破されたとき、きみもオクラホマシティで勤務していたんじゃないのかね？」

サムの顔が凍りついた。その瞬間、ハーレーの体の奥で何かがねじれてぱちんと切れたような気がした。すぐにでも彼を抱き寄せたい。そんな衝動に駆られた。彼がひどく動揺して見えたから。

「ええ、確かにあの場にいました」

「パパ、チキンをもうひと切れいかが？」

デューイーは目をぱちくりした。チキンの皿を渡しながらこちらをにらむハーレーの目つきを見たとたん、口先まで出ていた質問はただちに引っこんだ。

「ああ……そうだな、一つもらおうか」

マーシーはサムの仕事より過去のほうに興味があった。もし彼に自慢できるような祖先がいるなら、この結婚も失敗とは言いきれないかもしれない。

「それで、先祖代々オクラホマに?」彼女は尋ねた。

サムは頭を振った。話題が変わったことにほっとしていた。自分を始め消防士仲間みんなが目の当たりにした地獄の光景は、今もまだ記憶の底にあり、夜一人きりになったりすると、ふいに浮かびあがってくるのだ。

「いいえ。曾祖父《そうそふ》はボストン出身です。オクラホマがまだ準州だったころに移住してきました」

ハーレーは、まどろっこしい会話にひと言添えずにはいられなかった。

「友人のスーザンもボストンの出だわ。もちろん何世代も前の話だけど。今ではすっかり本物の南部人よ」

マーシーが小さく鼻を鳴らした。「何を言っているの、ハーレー。スーザンの一家は渡り者《カーペットバッガー》よ。こっちに来たのは北部侵略戦争のあとでしょう」

「ママ! なんてこと言うの!」

マーシーはつんと鼻をそびやかし、控えめにつぶやいた。

「事実よ。あの人たちはカーペットバッガー。ほかにも大勢いるわ」

サムは笑った。「血統のたぐいにご興味があるなら、たぶんぼくの祖先の話を聞いたらショックで頭が真っ白になりますよ。さっきボストンから出てきたと申しあげた、最初にオクラホマにたどりついたクレイ家の人間は、お尋ね者だったんです。彼はカイオワ先住民の女性と結婚して四人の子をもうけたのですが、結局法律上の妻に見つかって、カイオワ族の妻は追放されたんです」

マーシーは息をのみ、聞こえるか聞こえないかの声で尋ねた。「それで、あなたはどちらの女性の血を引いてるの？」

「白人の血を半分継ぐ四人の父なし子を抱えた、カイオワ族のほうでしょうね」

父が声をあげて笑った。ハーレーは必死に笑いをこらえている。だがマーシーは真っ青だった。義理の息子のことで何か自慢しようなんて、金輪際考えるまい。

「苺《いちご》のケーキはいかが？」ハーレーが尋ねた。

サムがさっと彼女に目を向けた。そのまなざしがふいに悩ましく陰る。

「結婚した晩、苺とシャンパンでお祝いしたっけ。覚えているかい？」

否定しようとしたとき、ハーレーの脳裏に突然ある場面がよみがえった。サムがこちらに身をかがめ、彼女の胸の谷間にシャンパンを注いで、舌でなめ取っている。ハーレーは彼を見つめ返した。その目にいつしか欲望をにじませながら。

「ええ、覚えているわ」彼女はそっと言った。

サムはどきりとした。やったぞ。彼女の正直な気持ちを聞いたのは、これが初めてだ。

マーシーがいきなり立ちあがり、不愉快そうにキッチンに引っこんだ。デューイーも立った。

「ママがデザートを出すのを手伝ってくるよ」

サムはまだハーレーを見つめていた。その熱いまなざしに釘《くぎ》づけにされ、息さえできない。

「さっきのは本当かい？」彼が尋ねた。

「本当って、何が？」ハーレーがささやく。

「覚えていること」

ハーレーは身震いし、激しい感情を封じこめようとするかのように一瞬目を閉じた。再び目を開けたとき、サムがテーブル越しに身を乗りだしてきた。ハーレーが息をついたのもつかのま、二人の唇が重なる。短いが、熱いキス。夏の嵐《あらし》の夜に遠くで光る音のない雷のように。

「ねえ、ダーリン」

「えっ？」

「きみのアパートに戻ったら、また愛しあおう。いいね？」

それは命令であり、約束でもあった。ハーレーは不安と期待で体が震えた。早くこの両親との夕べに終止符を打ちたい、でもサムとの夜を思うと怖い。けれどその不安と期待も、この結婚に足りないものを埋めあわせるには到底足りなかった。なぜなら、しょせんすべては嘘。ふいに、本気で二人の関係を解消したいのか、自分でもわからなくなった。

「まだ答えを聞いてないよ、ジュニー」サムが言う。

「その必要はないわ」ハーレーは言った。「言わなくてもわかっているくせに」

3

ハーレーは両親の家をまだ出ないうちから決心をかためていた。この結婚を本気で試してみよう、と。いつそう思い始めたのか定かではない。サムが、たえまなく不平を並べる母親を黙らせ、彼女に胸のすく思いを味わわせてくれたときか、ジョークで父親を大笑いさせたときか。あんな父を見たのは久しぶりだった。サムのくだらないジョークの落ちに、父は目をきらきら輝かせ、膝をたたいて大喜びした。伝統という殻にじっと閉じこもってきた両親をあんなに弾《はじ》けさせる力がサムにあるなら、二人の新生活はどんなかしら。そう思えたのだ。

わたしのふだんの暮らしはといえば、退屈で、毎日同じことのくり返し。少なくとも、ラスベガス行きの飛行機に乗るまではそうだった。タクシーの後部座席で、ハーレーは横に座るサムの存在ばかりが気になり、彼に不安げにほほ笑みかけた。気を落ちつかせようと膝の上の両手を握りしめる。アパートに着くころには全身が震えていた。不安からというより、期待のあまり。

ハーレーの動揺は、彼女の両親に別れを告げたその瞬間からサムにも伝わってきた。二人でタクシーに乗りこむころには、彼女はパニック状態だった。

彼女のアパートに到着した今、ハーレーをリラックスさせるのはサムの役目だ。彼はもちろんその方法を心得ていた。サムがまずタクシーを降りた。そして彼の荷物をトランクから歩道に下ろした運転手に料金を支払う。

ハーレーは流感にでもかかった気分だった。歯ががちがちと鳴り、胃はもんどり打っている。体中の筋肉が隙《すき》あらば逃げだそうと身構えているのに、心はもうサムの腕の中にあった。

街灯のかすかな光で彼の肩幅がよけいに大きく見えた。怖いくらいに。彼が体を起こし、こちらに向き直る。その顔に浮かぶ笑みを見たとたん、そっと息をついた。大丈夫よ、うまくいくわ。

サムがバッグを持ち、ハーレーの手を取った。二人は一緒にアパートに向かった。ハーレーが玄関の少し手前の階段でつまずいた。彼がすかさず彼女の手をつかみ直し、引き寄せる。

「ハニー、大丈夫かい？」

ハーレーはため息をついた。「たぶん」

サムがハーレーの手をぎゅっと握った。やがて二人は建物内に入り、二階まで階段で上った。ハーレーがドアを開け、サムを見た。

「ようこそわが家へ」小声で彼女が言った。

サムはバッグをドアのすぐ内側に置くと軽く蹴《け》り入れて彼女を抱き寄せた。ハーレーはまたため息をついた。もうこの成り行きを避けることはできないのだ。

「ドアを……鍵《かぎ》をかけなくちゃ」

サムがそちらに目も向けずに背後に手を伸ばし、ロックをまわした。ハーレーの顔から一瞬でも目をそらしたくない。

「もう何日もこの瞬間のことばかり考えていた」

ハーレーは足ががくがくした。「少し怖いわ」

「ぼくがきみを傷つけると思う?」サムは頭を振り、両手で彼女の頬を包んだ。「きみは二人の間にあったことを何も覚えていないと言い張っている。ぼくにはそんなの認められない。いや、認めたくない。一緒に過ごす時間が増えれば、それだけもっと思いだすと思う」

ハーレーの唇にそっと口づけし、そこから漏れた小さなうめき声でまた魂が燃えあがった。

「きみは苺《いちご》とシャンパンについては覚えていた。きみの瞳がそう語っていたよ」

サムの両手がハーレーの上着の下にもぐりこみ、スカートのボタンをはずす。抱き寄せられ、腹部に彼のこわばりが触れたとたん、ふいにわき起こった欲望に身震いする。

「ええ、覚えているわ」

サムはすでに彼女の服を一枚一枚脱がし始めていた。ハーレーは彼の声に神経をくすぐられ、その手が体をかすめるたび、もっと触れてほしくなった。

「じゃあ、もっと二人で思い出をつくろう。今すぐ。きみがどんなにこの瞬間を望んでいたか忘れてしまわないうちに」

ハーレーは彼のベルトのバックルに手を伸ばした。

「右手の廊下の最初のドアよ」

それさえわかれば、今のサムには充分だった。


ハーレーのベッドのスプリングがきしんだ。そのリズムは、体と体が激しくぶつかる音とぴったり重なりあう。サムはハーレーの上になり、長い腕をついて上半身の体重を支えている。彼女がしたたか酔っぱらったラスベガスのあの日以来、ずっと戻りたかった場所につき進みながら。二人に何か足りないものがあるとしても、セックスの相性だけは別だ。

ハーレーは目を閉じ、心臓を高鳴らせていた。神経という神経が二人の体の結びつきに集中している。彼の腕に爪を食いこませ、両脚でウエストを挟み、このひとときに没頭する。夫と名乗る見ず知らずの男を相手に、手が届きそうで届かない悦楽の頂点を追い求めて。快感がどんどん高まり、終点に向かっておかしくなったように駆けのぼる。

終わりは唐突だった。それはハーレーの体を引き裂き、気がつけばそこに迫っていた。さっきまで心地よさに酔っていただけなのに、喉からかすれたうめき声を絞りだす。それが引き金となって、サムは一気に理性を失い、たちまち快感の海におぼれた。クライマックスの波が次々に押し寄せてきた。しばらくしてようやくハーレーの上からどかなければと気づき、彼女を抱いたまま仰向けになって、自分が彼女の下になった。

ハーレーの長い黒髪に手を這《は》わせながら、まだ衝撃の余韻を味わっている。

「ああ、ほんとにすごかった」サムはささやいて、ハーレーの眉毛にキスをした。

でも彼女は静かだった。あまりにも。黙って彼に抱かれて横たわっている。

サムは頭を上げた。

「ジュニー……大丈夫かい？」

「いいえ」彼女がつぶやいた。

サムはどきっとした。勝手に終わりを急いで、彼女に痛い思いをさせたのか？　そう考えたとたんにぞっとした。

サムはハーレーをわきに横たえてから、片肘をついて半身を起こし、彼女の顔を見下ろした。寝室は暗かったが、それでも彼女の頬を流れる涙は見えた。

「ベイビー、どうしたんだい？　まさか、ぼくが傷つけたわけじゃないだろう？」

ハーレーは頭を振り、それから顔を両手で覆った。サムは辛抱強く待つほかなかった。

「いいえ、傷つけてなんかいない」彼女が答えた。

「じゃあ、どうしたんだ？　なぜ泣いているの？」

ハーレーはそこで目を上げた。彼を見つめるその目が思いを訴えている。

「こんなに感じてしまう……こんなふうになってしまう自分が信じられない。自分がわからないの」

サムは彼女の肩に手をまわした。それから背中にその手をすべらせ、彼女を抱き寄せた。

「ぼくにはわかるよ」彼はささやいた。「きみはぼくの妻だ」

ハーレーは身震いしてため息をついた。

「でもそれだけだわ。わからない？　夫のことを何も知らないのに、どうして妻と言えるの？」

ハーレーの混乱がサムにも伝わってきた。正直言って、彼にも不安はあった。だが彼女をまた捜しあてたとき、最大の難関は越えたのだ。

「こう考えたらどうかな？　体の相性がいいことはすでによくわかっている。これから一日一日、お互いを知りあおうって」

「あなた、どうかしているわ。自分でわかっている？」ハーレーがささやいた。

サムはにやりとした。「ああ、どうかしそうなくらいきみに夢中さ。さあ、こっちにきてお眠り。明日は大仕事が待っている。少し休んだほうがいい」

ハーレーが体をこわばらせた。「大仕事?」

「まずは、身のまわりのものを荷づくりしてもらわないと。残りは送ればいい。飛行機で
わが家に帰るんだ」

「わが家?」

「そう、わが家だ。オクラホマシティにね。二日後には勤務なんだ」

「勤務」

サムはほほ笑んだ。「そんなふうにおうむ返しし続けてると、いつまでたっても眠れな
いよ」

「消防士ね?」

彼はくすくす笑った。「それがぼくの仕事だよ」

「火事に立ち向かうのね」

サムは会話の行方を察した。

「ああ。この十四年間、ずっとそうしてきたように」

「これまでに……つまり……何か……」

「これまで遭遇したどんな火事より、ラスベガスできみをポーカー台から下ろしたときの
危険のほうが大きかった。きみがぼくの首に抱きついてきた瞬間、もうだめだと思った

よ」

「本当？」

「ああ、本当さ」

彼女がため息をつく。「思いだせればいいのに」

サムもいかにも無念そうに言った。

「そうだね、ジュニー。ぼくも本当にそう思うよ」


サバナ空港でハーレーの母親がくり広げた騒動に比べれば、オクラホマへの旅自体は退屈でさえあった。マーシーは泣き、すがり、しまいには脅し文句まで使う始末で、さすがのサムも堪忍袋の緒が切れかかった。ただでさえハーレーは不安になっているのに、母親の醜態が彼女をさらに後ろめたくさせている。新しい義理の母の怒りを買いたくはなかったが、ハーレーの躊躇《ちゅうちょ》を見ていると、これ以上黙っていられなかった。マーシーがハーレーの腕をつかみ、勘当よとにらみつけるのを目の当たりにして、ついにサムは行動に出た。

彼はマーシーと妻の間に割って入り、怒りに震える低い声で言った。

「ミセス・ボーモント、妻を脅すのはやめてください」

「わたしの娘だわ！」マーシーが叫んだ。

「では、『愛と憎しみの伝説』に登場する支配的母親の下手な猿まねはおやめになることです」

マーシーは憤慨して息をあえがせ、すぐに食ってかかろうとしたが、デューイーに引きとめられた。

サムは腹立たしげに髪をかきあげ、必死に涙をこらえているハーレーに目を向けた。

「娘を手放したくないというお気持ちはよくわかります。でも、これは彼女の意志なんです。娘さんに幸せになってほしいとは思わないんですか?」

「もちろんよ、でも……」

ハーレーが大きく息を吸って口を挟んだ。

「じゃあ、わたしの決断を信じて、ママ」

マーシーはまだしぶとく娘をにらんでいる。

「あなたが曾《ひい》お祖母《ばあ》ちゃんのウエディングドレスに身を包み、わたしたちの教会の通路を歩いてくる姿を見るのがずっと夢だったのよ。ホールは百合《ゆり》と連翹《れんぎょう》であふれ、わたしはピンクのドレスを着る。ほら、わたし、ピンクがいちばん似合うから」

ハーレーはため息をついた。「それはママの夢で、わたしのじゃない。そうでなくても百合はお葬式の花だし、わたしは曾お祖母ちゃんより十五キロは重く、十五センチは背が高いの。四十年先に結婚を延ばしたって、あのドレスは着られっこないわ」

「いいかげんにしなさい、マーシー」デューイーが言った。「ハーレーの人生はハーレーのものだ。おまえのじゃない」彼はそれからサムを見た。「電話をかけさせてもらったよ。きみの上司によれば、きみは隊でぴか一の消防士だという。牧師さんはご家族みんなをほめていたし、それは取引銀行の担当者も同じだった。きみが娘を大事にしてくれると信じているし——」彼はハーレーに目を向けた。「娘ももう自分の面倒は自分で見られると信じている。もしうまくいかなければ、帰り道ぐらい自分でわかるはずだ」

サムはため息をついた。「おっしゃるとおりです」彼は最後にもう一度マーシーを見た。「ミセス・ボーモント、お会いできてうれしかった。クリスマスには二人でサバナに帰ろうとジュニーと約束しました、かまわないですよね？」

それで少しマーシーの怒りが収まったように見えた。「本当？」

ハーレーはうなずいてほほ笑んだ。「ええ、ママ。本当よ」

マーシーが言った。「わかったわ。じゃあ、もう何も言わないわ」

休戦して数分後、飛行機の搭乗案内が始まった。ハーレーと手をつなぎ、飛行機に向かう通路を歩きながら、サムは心からほっとしていた。

数時間後、乗務員の案内で乗客たちはオクラホマシティのウィル・ロジャーズ空港到着の準備を始めた。サムがここまで来るには、長い長い旅路だった。

「さあ、ここだよ」サムが車まわしに車を入れながら言った。

ハーレーは身を乗りだして、平屋建ての大きな煉瓦《れんが》の家を見つめた。

「すごくすてきな家ね」彼女は言った。

サムはほほ笑んだ。「意外だったかな?」

ハーレーは赤面した。「そういうわけじゃ……」

「冗談だよ」サムはエンジンを切り、玄関ポーチを指さした。「祖父から相続したんだ。ご近所もいい人たちばかりだよ。怖がらなくて大丈夫」

「怖いのは家じゃないわ」

「ぼくだ、なんて言わないでくれよな」

サムが傷つき、ショックを受けていることがわかり、ハーレーは彼に目を向けた。このハンサムな大男が自分の夫だということに、いまだに慣れない。

「違うわ、この状況すべてが怖いの」

サムは少しためらってからうなずいた。「わかるよ……少なくとも今は」彼は座席越しに身を乗りだし、彼女の唇に軽くキスをした。「大丈夫、うまくいくさ」

ハーレーは笑顔をつくった。「じゃあ、ざっと中を案内して」

車を降りて玄関ポーチに向かう途中、誰かがサムを呼ぶのが聞こえた。振り向くと、通りの向こうで年配の女性が手を振っている。

サムも手を振り返した。

サムが制止する暇もなく、彼女は自宅のポーチから通りに駆けだした。

「ごめん」彼はハーレーに言った。「ミセス・マシューズだ。おせっかいだけど、悪い人じゃない」

「わたしはあのうるさいママの監視下で成長したのよ。お手のものだわ」

サムが笑った。「いいお母さんじゃないか」

「お嬢さん育ちで、支配欲が強くて、過去にしがみついて生きてるわ。それを除けば、どこにでもいるふつうの母親ね」

サムは、エドナ・マシューズが角で通りを渡り、こちらに近づいてくるのを見ながら、ハーレーの手をぎゅっと握って〝気を抜くな〟と注意した。

「質問攻めの覚悟はいいかい？」

「あなただって、ママを相手に一戦交えて、まだ煙がくすぶっているんだもの。わたしも切りぬけてみせるわ」

サムはにやりと笑った。間延びしたジョージア訛《なまり》でそんなふうに皮肉を言われると笑える。

「サミー、つかまってよかったわ」ふうふう息を切らしながら二人のところにたどりついたエドナは、彼に小さな箱を手渡した。「おととい の朝、宅配便の配達人がこれをあなたの玄関先に置いていったんだけど、わたしがとめる間もなく近所の犬がくわえていってしまって。だから少しかみ跡があるの。中身が無事だといいけれど」

サムは箱を受け取った。「ありがとうございます、ミセス・マシューズ。注文した芝刈り機の部品だと思うので、平気でしょう。ご面倒をかけて、いつもすみません」

彼女はにっこりした。「ご近所同士ですもの」それからあからさまにハーレーに視線を送る。

サムはハーレーに目配せしてから、彼女をエドナに紹介した。

「ミセス・マシューズ、妻を紹介します。名前はハーレー・ジューン。はるばるジョージア州サバナから来ました。親しくご近所づきあいしていただければうれしいのですが」

エドナは口をあんぐりと開けた。サム・クレイは、このあたりでは結婚したい男性ナンバーワンだった。彼がお婿さん候補から脱けたとなれば大騒ぎだろう。エドナは早くうわさを広めたくてうずうずしていた。話の種にするのにイメージを頭に刻みこむため、ハーレーの全身を眺めまわしてから手を差しだす。

「ハーレー・ジューン？　聞かないお名前ね」

「母の旧姓なんです」ハーレーが言った。「わたしの育った土地では、娘がそれを受け継ぐのは珍しくないことなので」

「そう」エドナが言った。「サバナでしたっけ？」

「ええ。美しい町です。行かれたことは？」

「いいえ。亡くなった夫とわたしはどちらかというと西部のほうが好きだったわ。とくにラスベガスとリノが夫のひいきで。行かれたことはある？」

ハーレーはサムのほうは見るまいとした。天を仰ぎたい衝動を必死にこらえる。

「ええ。ラスベガスなら行きました」

エドナがにっこりした。「だったらこれで共通点ができたわね。それにしてもサミーをものにするなんて、あなたラッキーよ。彼、花婿候補ナンバーワンだったんだから」

「ラッキーなのはぼくのほうですよ」サムはそう言って、会話にけりをつけようとした。いつものように、エドナが勝手に家にあがりこんでくるのを避けるためにも。「とにかく、ぼくの荷物を救出してくださってありがとうございました。今度バーベキューをするときには、ぜひお越しください」

「あら、ありがとうサミー。喜んでうかがうわ。そのときは手づくりのイタリアン・クリームケーキをお持ちするわね」彼女はハーレーを見た。「わたしのクリームケーキはとても評判がいいのよ」

「ぜひご相伴にあずかりたいですわ」ハーレーは言った。

「ええ、ぜひ」エドナが答えた。「あなたもお料理はなさるの？」

「ええ。南部娘はみな、夫の世話をするべく育てられますから。それにこんなことわざもありますわ。男心をつかむにはまず胃袋から」

そう口にしたとたん、ハーレーは気遣わしげにサムを見た。わたしの場合、彼の心をつかむのに食べ物はまったく関係なかった。

「さあ、長旅で疲れただろう?」サムが急いで言った。「改めてありがとうございました、ミセス・マシューズ。またご挨拶《あいさつ》にうかがいます」

彼はハーレーを玄関のほうに導いた。エドナが逆方向に行ってくれることを願いながら。ドアに鍵を差しこみながらちらりと振り返ると、幸い彼女は自宅に戻ったようだった。そこでサムはドアを開け、ハーレーを抱きあげてそのまま中に運んだ。

まさか彼が、映画の中の新婚カップルさながらの振る舞いに出るとは夢にも思わず、ハーレーはこみあげる涙で喉がつまった。

「ようこそわが家へ、ハーレー・ジューン」サムはやさしくそう言って彼女を玄関ホールで下ろすと、キスをした。

彼が顔を上げたとき、ハーレーはすでに心臓がどきどきしていたが、それで終わりではなかった。サムはズボンのポケットに手を伸ばすと、小さな金の指輪を取りだし、ハーレーの左手の薬指にはめた。

「タイミングを見計らっていたんだ。かまわないだろう?」

ハーレーは指輪を眺め、それをはずしたときの複雑な気持ちを思いだしていた。やがて彼女は顔を上げた。その晴れ晴れとした表情を見れば、答えなどいらないとは気づかずに。

「ええ、もちろん」

サムは彼女の手を唇に近づけると、指輪にそっと口づけ、それから彼女を抱きしめた。

「来客用の浴室は左手の廊下の二番目のドアだ。車から荷物を下ろしたら、すぐに家を案内するよ」

ハーレーの頭がまだまわりださないうちに、サムは行ってしまった。体は動かず、ふと気づけば、薬指の金の指輪を見つめていた。そんなささいなもの一つで、彼との絆《きずな》を感じてしまうのはなぜ？

二十四時間勤務。二十四時間待機。二十四時間勤務。二十四時間待機。二十四時間勤務。二十四時間待機、そして四日間家で過ごす。

結婚して三週間もたつと、サムの勤務日程はハーレーの頭に焼きついてしまった。彼がいない間は、何かにとりつかれたかのように、ぼんやりと料理をしたり、掃除をしたり、庭仕事をしたりして過ごした。彼が家にいると、ほとんど赤の他人と言っていい男性と一緒に暮らしていることがまだ信じられず、落ちつかない気分だった。ハーレーがくつろげるようにサムが精いっぱい努力してくれていることはよくわかったが、うまくいかなかった。

その間に、彼のきょうだいたちがみな、彼女を見るために押しかけてきた。〝オートバイの父〟にちなんだ彼女の名前に心底感心してみせたり、二人がラスベガスで結婚したことをちゃかしたり、一緒に来た子どもたちが居間の絨毯《じゅうたん》をジュースで汚したり。ハーレーというのは母親の旧姓なのだと説明しようとしても、彼らは聞く耳を持たなかった。

サムは彼らのふざけた態度をとがめて〝ぼくの結婚生活にけちをつけるな〟と申し渡し、地元のレストランでバーベキュー料理を振る舞った。ハーレーは彼らの騒々しさにすっかり圧倒され、巨大なリブステーキが山盛りにのった皿や、際限なく運ばれてくるビールに少なからずおびえた。

サムの弟が彼女に注《つ》ぎたてのビールのジョッキを渡したが、ハーレーはあわてて断った。

「なあ、サム」サムの弟が言った。「いったいどうしてまた、この絶対禁酒主義の南部娘と結婚することになったんだい？」

ハーレーは即座にサムのほうを向き、〝言ったらただじゃすまない〟という目でにらんだ。サムは思わずにんまりした。幸い、サムは真実を打ち明けるようなまねはしなかった。

「人の妻のことに首をつっこむな」そして驚いたことに、彼はいきなり身を乗りだすと、ハーレーのわずかに開いた唇に熱いキスをしたのだ。

バーベキューソースとビールの味。たちまち欲望の矢がハーレーの体の奥を貫く。すぐにそれを見抜いたサムは、彼女の耳元でささやいた。

「それは、あとのために取っておいて」

ハーレーは必死に言いつけを守った。みんなが帰ったその夜、彼はその努力にみごとに報いてくれた。

たまに、やはりオクラホマシティに来たのは大きな間違いだったと思う日もあったが、それもしだいに少なくなっていった。たいていはうわの空で家事をして過ごし、サムの車が車まわしに入ってきて、玄関で〝おうい、ジュニー、帰ったよ〟と声がしたとたん我に返る。

楽しい毎日。すばらしいセックス。結婚生活に慣れを感じ始めたある日、ハーレーは、それこそサムに任せておけばいいようなヒーローのまね事をしようとした。

前庭の木の上に猫がいる。

ハーレーは朝刊を取りに表に出て、鳴き声を耳にした。そのときはたいして気にもとめずに部屋に戻った。あとで、ポストに手紙を出しに外に出たとき、また声が聞こえ、今度は木の下で立ちどまった。

梢《こずえ》を見上げたものの、最初は何も見えなかった。でも猫のほうはこっそりハーレーの様子をうかがっていたらしい。か細い鳴き声がいきなり大きな金切り声に変わったのだ。

「かわいそうな猫ちゃん」ハーレーが少し立ち位置を変えると、枝葉の間から茶色い顔がのぞいているのが見えた。

猫はまたひと声鳴いた。今度は高くさえずるように。

「ねえ、おなかがすいているのね？　下りてくればミルクをたっぷりあげるわよ。おいで、猫ちゃん。おいで、おいで」

「みゃあお」

ハーレーは家の中に駆け戻り、パンのかけらを持ってきた。食べ物のにおいに誘われて、猫が下りてくるかもしれないと思ったのだ。だがせっかくの親切にも、猫はまた甲高くひと声鳴いてみせただけ。

ミルクを地面に置いて五分待っても、猫はいっこうに下りてこない。なんとかしてやりたいのにどうすることもできず、ハーレーは気持ちを持て余すばかりだった。結局そのまま家に入り、食事時間を猫の自由に任せるかわりに、あの子は下りてこられないのだと確信するに至った。猫は自力で木に登ったはずだという論理は、頭からすっかり抜け落ちていた。よし、助けてあげよう。そこでハーレーが思いついた考えは、その一つ前の考えに負けず劣らず、最悪の判断だった。

車庫に梯子《はしご》がある。それは古い自転車と、すっかり履き古されたサムのブーツの上方の壁にかかっていた。壁から梯子を下ろしながら、大丈夫できるわ、とハーレーは自分を励まし続けた。ただ梯子を登り、慎重に枝をかきわけて、かわいそうな猫を捕まえたらすぐ下りればいいだけだ。

　前半は簡単だった。大木だが、梯子も高い。用心深く段を上がり、半分まで行ったところですでにいちばん低い枝に届いていた。ハーレーが登ってくるのを見たとたん、猫が迎えに下りてくるのではなく、むしろもっと上へと逃げだすとは思ってもみなかった。

　距離を測るため見上げ、猫のいる枝はさらに数本先だと知ったとき、ハーレーは眉をひそめた。思ったより上にいたんだわ。いちばん近い枝につかまり、片脚をその枝にかける。しばらくすると彼女は梯子を離れ、枝の上にいた。

「さあ、猫ちゃん、おいで、おいで」

「みゃあお」

　さらに上方の枝によじのぼり、もっと高い場所に登ろうとしたとき、猫がしゅうっと威嚇を始めた。

　ハーレーは顔をしかめた。

「ねえ、猫ちゃん、下に来て温かいミルクを飲まない？　さあ、こっちよ、おいで」

ハーレーは手を差しのべた。猫が首を伸ばし、彼女の指のにおいを嗅《か》いでいる。

「いい子ね、さあおいで、猫ちゃん」

　あと十五センチも近づけば、猫の首筋を押さえられる。よし、もう大丈夫。そう思って、ハーレーがさらに身を乗りだしたとき、通りの角でトラックのエンジンがとまる音がかすかに聞こえた。

ドアが開いた。運転台から鼓膜が破れそうなほどのカントリー音楽が響き、運転手が降りた気配がする。ハーレーが見下ろすと、太った男の頭にのった野球帽のてっぺんが見えた。ハーレーはぎょっとした。なんと彼は木から梯子をはずすと、トラックの荷台に積みこんだのだ。

「ちょっと！」ハーレーは叫んだ。「わたしの梯子よ！　どこに持ってくのよ！」

大音量の音楽にさえぎられて彼女の声が届くはずもなく、男は梯子をロープでくくりだした。やがて彼はトラックに乗りこみ、走り去った。ハーレーは真っ青になった。

「とまりなさい！　泥棒！」ハーレーは叫んだ。

男はとまらなかった。おまけに猫までさらに二つ上の枝に移動してしまい、今度は完全に姿が見えなくなった。

「上等じゃないの」そうつぶやいたとたん、急にめまいを覚えてあわてて枝をつかんだ。眼下の地面がぐらぐら揺れてまわりだす。

しばらくハーレーはおとなしくじっと木にしがみついていた。その間に猫は、自分の占領地だった場所に紛れこんできたよそ者に嫌気がさしたのか、ハーレーとは反対側のほうから木を下りると、地面に置かれたパンを食べ、ミルクを飲んだあと、もっと落ちつける場所を探して通りの向こうにさっさと消えてしまった。

信じられないという面持ちでその様子を見つめていたハーレーだったが、またぞろめまいに襲われて、いやおうなく目を閉じた。

「恩知らず」彼女はつぶやき、ふいににじみだした涙が視界を曇らせたのに気づいてすすりあげた。

サムは明日にならなければ帰ってこない。いちばん下の枝まで下りて飛び降りるにしても、地面は遠すぎた。脚を折ったり、足首をくじいたりするのだけはごめんだわ。おまけに、近所で知りあいといえば、エドナ・マシューズだけ。これじゃ、わたしの姿が見えなくても誰も気づくはずがない。木から下りられないだけならまだしも、それ以上に恥さらしなのは、ショートパンツが破けてしまったこと。確かめることさえ怖くてできないけれど、お尻のポケットがあったはずの場所がすうすうするところをみると、被害は甚大らしい。

そのまましばらく時が流れた。

脚が疲れて痙攣《けいれん》し始め、指の感覚がなくなりつつある。それだけでもパニックなのに、トイレに行きたくなってきた。ラスベガスで知らないうちに結婚していたことに気づいた朝を除けば、今日は人生最悪の日だわ。諸条件を考えあわせると、選択肢は二つある。このままお漏らししてしまい、誰かに発見されるまでに乾くことを祈るか、恥を忍んで大声で助けを呼ぶか。ハーレーは後者を選ぶことにした。

「助けて！　誰か！　助けて！」

七回叫んだところで、ありがたいことに応答する声が聞こえた。

「誰なの、助けてと叫んでいるのは？」

「わたしです」ハーレーは答え、思いきって下を見た。エドナ・マシューズがわが家の前庭に立ち、とまどった顔であたりをきょろきょろ見まわしている。

エドナが振り返った。「ハーレー、あなたなの？」

「そうです」ハーレーは叫んだ。

「どこなの？」エドナが叫び返す。

「木の上です」ハーレーは答えた。

見上げたエドナの口が小さなO《オー》の字になった。

「あらまあ。どうやってそこに登ったの？」

「梯子があったのに、誰かに盗まれてしまって」

「あら、大変」エドナが言った。「大丈夫？」

「いいえ」涙を懸命にこらえながらハーレーは言った。「下りられないんです」

「どうやらそのようね」エドナが言った。「でも心配しないで。今すぐ助けを呼んできてあげる。そこで待ってて」

ハーレーに答える暇も与えず、エドナは駆けだした。ハーレーは腕に頬をもたせ、笑いをこらえた。助けを呼ぶって、いったいどこに行くつもりなの？

しばらくしてエドナが戻ってきた。「消防署に電話をしたわ。すぐに来てくれるって」

ハーレーはうめいた。なんてこと、サムが来るわ。きっと、あとでさんざんお説教されるに違いない。

「ねえ？」

「なんです？」ハーレーがつぶやいた。

「わたしにはどうでもいいことだけど、そもそもなぜ木に登ったりしたの？」

「木の上に猫がいたんです。下りられなくなっちゃったんじゃないかと思って」

「でも、猫は自分でそこに登ったんでしょう？」

ハーレーは悪態をのみこんだ。「そのときは思いつかなかったみたい。そうでなきゃ、こんなことにはなりません」

エドナが笑わなかったので、ハーレーはほっとした。

「サイレンが聞こえたようだわ」エドナが告げた。

「よかった」ハーレーは目を閉じた。

4

サムの部隊に出動命令が出た。彼は無意識に防火服に着替え、どんな現場だろうと考えながら目前の仕事だけに集中した。梯子《はしご》車に飛び乗ったとき、ようやく隊長が駆け寄ってきて、通報があったのはおまえの家からだと叫んだ。完全装備の消防士たちには、それですぐに行く先がわかった。オクラホマシティを疾走する大型消防車に揺られながら、サムのほうにちらちらと心配そうな視線を向ける以外に、誰も口をきく者はいなかった。一人残らずサムのショックと不安を感じ取っていた。

サムはといえば、頭の中がすっかり混乱していた。ハーレーの身に何かあったのだ。考えられるのはそれだけ。屋根の波の向こうに立ちのぼる煙を必死に探したが、わが家に近づくにつれて、こう結論を下した。ハーレーがどんな災難に巻きこまれたにせよ、どうやら火事ではなさそうだ。少なくとも火はもう出ていない。

消防車が角を曲がったとき、エドナ・マシューズが前庭に立ち、さかんに手を振っているのが見えた。サムは、車がまだとまりきらないうちに飛び降りて走りだした。

「何があったんです?」彼はエドナの肩をつかんで叫んだ。「ハーレーは?　妻はどこです?」

「木の上よ」エドナはサムの頭の上を指さした。

「なんの上ですって?」

「木よ!　そこの」エドナはわめいた。「誰かが梯子を持っていったので、下りられなくなったの」

すでにどの消防士にも、人の生死にかかわる事態ではないということが知れ渡り、安堵《あんど》感が広がっていた。彼らはサムのまわりに集まり、木を見上げた。

サムは目を細めた。見覚えのある素足はかいま見えたものの顔は見えない。

「ジュニー、大丈夫かい?」

ハーレーは天を見上げた。助かったわ。でも、なんたる恥さらしかしら。

「誰かが梯子をはずして持っていっちゃったの。犯人の頭のてっぺんしか見えなかったけど、黒い大型トラックを運転していたわ」

「どうしてまた、木に登ったりしたんだ?」

ハーレーはヒステリーを起こしそうになった。

「話せば長いわ。とにかく一刻も早く下りたいの。お願いだから、そっちを優先させて」

仲間の一人がサムの背中をたたき、別の消防士が木に梯子をかけた。

「奥さん、緊張の糸が切れかかってるみたいだぜ。おれなら、質問はあとまわしにするけどな」

「ああ……そうだな」サムはさっそく消防服を脱ぎ始めた。コート、帽子、手袋を地面に落とし、途中の枝に引っかからないように、ズボンのサスペンダーをきつめに調節し直した。かさばる服で梯子をふさがないようにしたほうが、楽にハーレーを下ろせるだろう。

別の消防士がサムと一緒に待機した。彼は好奇心をむきだしにして言った。

「早くおまえの新妻の顔を拝みたかったんだ。こりゃ願ってもないチャンスだな」

サムは仲間をにらみつけた。「彼女を挑発しないほうが身のためだぞ」

仲間の消防士はにやりとした。「おかんむりなのか？」

「とにかく梯子をしっかり支えて、口をつぐんでろ」サムは梯子を登り始めた。「待ってろよ、ハニー、今行く」

「急がなくていいのよ。これといった用事もなく、かれこれ一時間はここにいるんだから」

ぶっきらぼうな彼女の言葉に、地上の仲間たちからどっと笑いが起きた。ハーレーが何か好ましからぬ文句をぶつぶつぶやいているのを聞き、サムは梯子を登る速度を少し速めた。ようやく彼女の腕が、続いて顔が見えたとき、サムはどきりとした。彼女の頬を伝う涙が目に入ったからだ。準備していた言葉はすべて頭から消えうせ、とっさに妻を慰めた。

「ダーリン、ぼくはここだよ。こっちへ後ろ向きに十五センチくらいすべることはできるかい？」

「ええ」ハーレーは言われたとおりにした。

彼の手がまずハーレーの足首をつかみ、そのまま脚をすべりあがって彼女をしっかり支えたとき、ハーレーは思わず〝やったわ〟と叫びたくなった。十数人の男性たちの前で、とんだ醜態をさらしてしまった。だからなんだっていうの？　まだこれから木を下りるという難題が待っているのよ。

「ゆっくり」サムが言った。「次に足をここに」

彼はハーレーの足を梯子の最上段に落ちつかせた。

「いいぞ、うまいよ。今度はもう一方の足だ。大丈夫、ぼくがつかまえているから落ちることはない」

ようやくハーレーはまっすぐに立つことができた。今はサムと木の幹に立てかけられた梯子に挟まれた格好だ。

「神様、感謝します。それとエドナにも」彼女はそう言って、額を梯子段にもたせかけた。

サムは鼻を彼女の後頭部に押しつけ、後ろから彼女を抱いていた。今朝髪を洗ったばかりみたいなにおいがする。カールの中に葉っぱの切れ端がいくつかまぎれてはいるけれど。

ハーレーの耳の後ろにキスし、一瞬ぎゅっと抱きしめた。

「もう下りられるかい？」

「ええ。あなたが先に下りて。わたしがあとから行くから」

「一緒に下りよう」サムは言った。

ハーレーはため息をついた。「サム、お願い。怪我《けが》はしていないわ。頭がどうかしてただけ。先に行ってくれればすぐに続くわ」

たぶん彼女は決まりが悪いのだ。今言い争っても仕方がない。

「わかった。本当に平気だね？」

「本当よ」

サムは登ったときと同じくらいすばやく梯子を下りた。地上に着いて初めて上を見上げ、そこでようやくハーレーのショートパンツの大きな裂け目に気づいた。

「うわ、ジュニー。やっぱりぼくが――」

「サム！　お願いだから、せめて自力で下りさせて。わたしにだって自尊心のかけらはあるんだから」

「でも、きみのショートパンツが――」

だが時すでに遅し。ハーレーはもう梯子半ばまで下りてしまっていた。ポケットの大きさ分、お尻が丸見えだ。しかも、いちばん見せたくない場所が。そう注意しようにも、今さら遅すぎた。

ハーレーの耳に最初の口笛が、次に何人かの男性たちのかみ殺したような笑い声が聞こえたのはちょうどそのころだった。サムが小声でたしなめたとたんくすくす笑いはやんだが、それも一瞬だった。彼女が地上に着いたときには、サム以外の男たちの顔はみなばかみたいににやついていた。

ハーレーは無理に笑みを顔に貼《は》りつけた。「この数週間、ずっとサムのお仲間のみなさんとお会いできる日を楽しみにしていたの。でもこんな形で顔を合わせることになるとは思ってもみなかったわ」

「そうですね、こちらこそはじめまして、ジュニー」一同が口をそろえる。

「ハーレーよ」彼女は言った。「できればそう呼んでほしいわ。じゃあ、失礼します。盗まれた梯子について警察に通報しないと」それからサムに目を向けた彼女は、恥ずかしさで頬を真っ赤に染めてはいたが、精いっぱい胸を張り、顎をそびやかしていた。「サム、みなさんとそのご家族をバーベキューに招待しましょう。ご希望があればプールも開放して。みなさんと日時を相談してくれる？　決まったら教えてちょうだい」

「ありがとう、ジュニー……じゃなくて、ハーレー。楽しみにしています」仲間の一人が言った。

ハーレーはサムに澄ました笑みを向けた。「緊急出動はこれで終わり。そろそろ署に帰ったほうがいいわ。警察の回答についてはあとで話すわね」

それだけ言うと、彼女はさっときびすを返し、走りだしたい衝動を必死にこらえて家に歩きだした。

五歩ほど進んだところで口笛がひゅうと鳴り、誰かがのろのろしたオクラホマ訛《なまり》で叫んだ。

「おい、ハーレー、すてきな入れ墨《タトゥー》だね!」

彼女はその場で凍りつき、後ろに手をまわした。だらりと下がった尻ポケットの残骸《ざんがい》が手に触れ、息をのむ。あわててそれを引っぱりあげ、むきだしの部分を覆うと、笑顔を繕って振り向いた。

「ありがとう」澄ましてそう言うと、堂々と家に歩いていった。初対面の男性たちに裸のお尻を見られたからって、どうってことないと言わんばかりに。

「くそっ、おまえたちのせいでますます収集がつかなくなったじゃないか」サムが言った。

男たちは顔を見合わせて笑いながら、備品を車に積み直したり、使った梯子をはずしたりし始めた。彼らが車に乗りこもうとしたそのとき、黒い大型トラックがこちらにやってきて、家の前でタイヤをきしらせてとまった。運転台からあわてて男が飛び降り、荷台から梯子を下ろしだした。

サムは眉をひそめた。ぼくの梯子か? ハーレーを見舞った災難の元凶だ。サムは消防車から降りると、男のところに一直線に駆け寄った。

「あんたいったい……」

「本当に申しわけありません」運転手は梯子を引きずりながら言った。「同僚が昨日ペンキ塗りの仕事をして現場に梯子を忘れ、上司の命令でわたしが取りに行ったんです。でも渡された住所が間違っていて。店に帰ってからさんざん絞られました。キャロリン通り四〇九番地の代わりに九〇四番地に行ったと言って。ご迷惑をおかけしていなければいいんですが。持ち主をご存じですか？　謝らなくては」

「持ち主はぼくだ」サムは男の手から梯子をひったくった。「あんたのおかげで、妻が木の上に取り残されたんだ。もしぼくがあんたなら、一目散にトラックに戻り、逃げられるうちに逃げだすがね」

運転手はうめいた。「ああ、本当に申しわけありませんでした。奥さん、かんかんでしょうね？」

「かんかんどころの話じゃない」

すると玄関がばたんと開き、二人は振り返った。ハーレーが勢いよく飛びだしてきたではないか。

「あれが奥さんですか？」男が尋ねた。

「そのとおり」サムは答えた。

「すみませんでしたとお伝えください」男はトラックに突進した。

ハーレーが通りの角にたどりついたときには、すでにトラックは見えなくなっていた。

「なぜとめなかったのよ？」ハーレーがかみついた。

「梯子を返しに来たんだ」サムは言った。「単なる手違いだったんだよ」

ハーレーは、この人どうかしちゃったんじゃないの、という表情でサムを見た。それから腰に両手を当て、怒りのにじむ冷ややかなまなざしで彼をにらんだ。

「いいわ。じゃあ、梯子は戻ったと警察に電話するのはあなたの役目ですからね。わたしはもう今日一日分の恥はかいてしまったから」

それからハーレーは、にやにやしながらこちらを眺めている男性たちもひとにらみした。とたんに彼らの顔から笑みが消えた。

「あの人たち、あそこが定位置なの？」

「おい、戻った戻った」サムは彼らに告げた。「梯子を車庫にしまってから、そっちに合流する」

ハーレーの怒りの火炎放射から逃げられてほっとしながら、消防士たちは車に戻った。

「結構よ」ハーレーは、サムが抱えている梯子をぐいっと引っぱった。「わたしが下ろしたんだもの。戻すのだってちゃんとできるわ」

だがサムはしっかり握って放そうとしない。本当は、彼女を横ざまに抱えてお尻を引っぱたいてやりたいところだったが懸命にこらえた。

「ぼくがかける。まだ腹立ちまぎれにぼくに何か言うつもりなら、まず深呼吸することだ」彼はそこでまわれ右をすると、車庫に向かった。

ハーレーは、サムが怒るのを初めて目の当たりにして、あっけにとられていた。ふと気づくと、彼女は一人で庭に立っていて、サムはすでに屋敷にたどりついている。ハーレーが車庫に着いたときには、梯子はもう壁にかかり、サムがこちらを向いた。

「ヒステリーはもう収まったかい？」彼が尋ねた。

「ヒステリーじゃないわ」ハーレーは言った。「淑女はヒステリーなんか起こさないものなの」

サムは小さく鼻を鳴らし、それから彼女の両肩をつかむと、ぐいっと引き寄せた。

「ハニー、きみの第一印象は淑女とはほど遠いものだったよ。それでもぼくはきみと生涯をともにしたいと思った。だからそんなふうにお高くとまるのは、もうやめるんだ。偶然が重なってあんなことになってしまったけれど、何よりきみは無事だった。恥だけですんで御の字じゃないか。緊急通報の場所がこの家だと知ったとき、ぼくがどんなに心配したか。あんな思いはもう二度とごめんだ。わかるね？」

恥ずかしさのあまり、ハーレーは彼と目が合わせられなかった。あの通報を聞いてサムがどう思ったかなんて、考えてもみなかった。

「ごめんなさい」彼女は言った。

サムは頭を振って、彼女をさらにきつく抱きしめた。息もできないくらいに。

「ねえ、胸が痛むほどきみを愛しているって、そろそろわかってくれてもいいころなのに」そしてキス。かろうじて残っていたハーレーの息は、今の言葉ですっかり奪われた。

「もう行かなくちゃ」彼はあわてて言って、もう一度キスをした。さっきよりさらに激しく、さらにせわしいキスを。離れるとき、サムは小さくうめいた。「今度帰るのは明日だ。その後は四日間一緒にいられる。それまでもう木には登らないこと。いいね?」

ハーレーは呆然《ぼうぜん》としてうなずくことしかできず、サムが消防車に駆け寄り、やがて車が走り去るのをただ見送るほかなかった。消防車が見えなくなって初めて、ハーレーは屋敷に入った。

屋内はひんやりとして、がらんと静まりかえっていた。サムがいないと、ここはまるで抜け殻ね。彼がすべてを生き返らせる。とりわけわたしを。

さっき彼の唇が触れた自分の口に触れてみた。

〝胸が痛むほどきみを愛している〟

突然視界が曇りだした。初めての愛の言葉だった——お互いにとって。真実が明らかになった今、ハーレーとしても、サムへの気持ちを改めて振り返らないわけにいかなかった。知りあってまだわずかなのに、わたしも彼を愛しているなんてことがありえるかしら?

体はすっかり魅了されている。それは事実だわ。そしてしだいに夫が誰からも信頼され、尊敬を集める人物だとわかってきた。でもこれまでは、降ってわいたような結婚生活の混乱と折りあいをつけるので精いっぱいで、自分の気持ちを考えるゆとりはなかった。大きく息を吸って目を閉じ、記憶をたぐり寄せる。木の下からサムの声が聞こえたときどんなにほっとしたか。彼は、わたしが落ちないように体を支えてくれた。そう、サムは信頼できる人だわ。でも、夫として彼を愛しているの？　ハーレーにはわからなかった。ただ確かなのは、サムと一緒にいて楽しいし、安心できるということだ。

そしてわたしを胸が痛むほど愛してくれている。

また呼び鈴が鳴った。この三十分、ほとんどずっと鳴りっぱなしだ。ハーレーは急いで玄関に向かい、途中で二人の消防士の妻と五、六人の子どもたちとすれ違った。サムの同僚とその家族を一度に全員バーベキューに招くなんて、わたし、どうかしてたわ。

ドアを開けると、ケーキを持った男性が立っていた。あのときハーレーのタトゥーをほめた消防士だと気づき、必死に動揺を隠す。

「チャーリー・スターリングです」彼は早口に言った。「こっちは妻のティシャ」

「どうぞ中へ」ハーレーは言った。「サムは裏庭で肉を焼いています。水着をお持ちなら、ご自由にプールで泳いでくださいね」

「南部訛ってすてきね」ティシャが言って、夫の手からケーキを取った。「表で遊んできてもいいけど、お行儀よくしてね」

「わかってるって」チャーリーはそう言うと妻のお尻をぽんとたたき、奥のパティオに向かった。

ティシャは天を仰ぎ、ハーレーににこりとした。

「まだちゃんとしつけができていないの。だからどこにも連れていけなくて」

ハーレーは笑った。てんてこ舞いの一日が始まって初めて、友だちになれそうな人と出会えた。

「母によれば、よき夫ってみんなそういうものみたいよ」ハーレーが言った。「オーブンでベイクドビーンズをつくっているの。どうぞこちらへ」

「あら、あなたも料理しているのね」ティシャは、ほかの女性たちを見つけては抱きあって挨拶《あいさつ》した。数分後、彼女がようやくキッチンに入っていくと、ハーレーがベイクドビーンズの大きな鍋《なべ》をオーブンから取りだすところだった。

「すごくいいにおい」ティシャが言った。

ハーレーはほほ笑んだ。「祖母に教わったのよ。でも、一度にたくさんできてしまうので、お客様がいるときしかつくらないの」

ティシャはキッチンを見まわし、ハーレーが来てからあちこち手が加えられたことに気づいた。

「三年ほど前にもここでパーティーがあって、みんな招待されたの。サムがプールをつくった記念にね。それ以来来てなかったけれど、ずいぶんあちこちに手を入れたのね」

「せいぜいカーテンを替えたり、ペンキを塗ったりしたくらいよ。サムがいない間の暇つぶしってわけ。仕事を探そうかなと思うんだけど、何をしていいのか決めかねて」

「結婚前は働いていたの？」ティシャが尋ねた。

「ええ。保険代理店で。すごく退屈な仕事だったわ。二度とごめんよ」

ティシャはプラスチック製の大きなボウルからポテトチップをひとつかみ取り、むしゃむしゃ頬張りながら、ハーレーがキッチンを飛びまわるのを眺めた。いつもはひと目で相手の人となりを看破できるのが彼女の自慢なのに、ハーレーに限ってはどうもはっきりしない。もともと詮索《せんさく》好きな性格だから、もう少しつっこんだ質問をして好奇心を満足させることにした。

「当たりくじを引いたわね」ティシャは言った。

ゆで卵を剥《む》いていたハーレーが顔を上げた。

「どういう意味？」

「サムを捕まえたことよ。つまりあなたが彼を女性たちの花婿候補リストから抹消した」

「ああ、そのこと」ハーレーは別の卵に手を伸ばした。肉が焼きあがる前にこれを全部剥

き、黄身をマスタードであえてデビルドエッグをつくってしまわなくちゃ。これなしでは
バーベキューが始まらない。
ティシャは顔をしかめた。そんなふうに言われて、新妻がうれしそうにくすくす笑うも
のかしら？
「薔薇《ばら》はすでに盛りを過ぎたなんて言わないでよ」ティシャが言った。
ハーレーは手をとめて目を上げた。うっすら笑みが浮かんでいる。
「いつもそんな持ってまわった言い方をするの？」
話が見えなくなったのは、今度はティシャだった。
「意味がわからないんだけど」
ハーレーがさらににんまりする。「さっき〝当たりくじを引いた〟と言っておいて、今
度は〝薔薇はすでに盛りを過ぎた〟だなんて。単刀直入に言ってくれればいいのに」
ティシャは口の中にあった最後のポテトチップをのみこむと、手のかすを払った。
「いいわ。それなら、ずばりききましょう。あなたとサムは知りあってどれくらいなの？
サムからあなたの名前さえ聞いたことがなかったのに、ラスベガスから帰ってきたとたん、
チャーリーによれば、話すのはあなたのことばかり。薔薇のたとえは、あなたは新妻にし
てはやけにさめてるってこと」
「ああ、なるほど」ハーレーは卵を半分に切っては、黄身をボウルに入れていく。

でもそのときまで、サムがキッチンに入ってきていたことに気づかなかった。いつのまにかウエストに腕がまわされ、うなじにキスをされた。

「ティシャ、愛する妻から、ぼくらの夫婦生活について根掘り葉掘り聞きだすつもりかい？　そんなことをすると、きっと後悔するぞ」

「どうして？」ティシャが尋ねた。

「だって、ぼくらがどんなに熱々か知ったら、きみはチャーリーをどやしつけかねない。まさか、なんて言うなよ。あいつのことはよく知ってる。署で寝泊まりするとき、ベッドが隣だからね。食事をして十分後にはもうおねんねしてるんだ」

ティシャが笑った。「あなたの言うとおりよ。蜜月《ハネムーン》っていう月があるとしたら、わが家ではとうの昔に沈んだっきり昇ってこないわ」そこでため息をつく。「でも、あの人を見放すわけにはいかないの。だって、ほかに引き取り手がないもの」

ハーレーは笑った。サムのあからさまな愛情表現にも平然としている自分に、少なからず驚きながら。

「何をつくってるの？」ハーレーがボウルいっぱいの卵の黄身をつぶしているのを見て、サムが尋ねた。

「デビルドエッグよ。ひょっとして苦手？」

目を輝かせながら、サムが彼女の耳元でささやく。「ジュニー、きみがつくるものならなんでも好きさ」

ティシャがにやりとした。「どうやら、まだお互いの好き嫌いもご存じないようね。でも、そのうちいやでもわかるわ」

サムはハーレーの耳の縁をかんだ。彼の腕の中でへたりこまないよう、彼女が必死に頑張っているのを重々知りながら。

「言ってくれるね、ティシャ。確かにぼくらはお互いまだ知らないことだらけだけど、学習中だよね、ダーリン?」

ハーレーは顔を赤くした。でも、打ちこまれても、強打で返すのがわたしよ。

「ええ、そうよ。それにわたしは覚えが速いから」

今度驚くのはサムのほうだった。彼は目を丸くしたかと思うと、大声で笑いだした。

「おまけに踊りも絶品なんだ」

ティシャはまた興味をそそられたらしい。

「踊りですって? ダンサーだったの? 保険代理店で働いてたって言わなかった?」

ハーレーはサムをにらみつけた。「もちろんダンサーなんかじゃないわ。保険代理店で働いている……というか働いていたのは本当よ」

ティシャはカウンター越しに身を乗りだした。目が好奇心で輝いている。

「ねえ、正直に答えて。サムがプロポーズするまでに、正確にはどれぐらいつきあっていたの？」

サムの表情を見たとたん、ハーレーには、彼が顛末《てんまつ》を打ち明けようとしているのだとわかった。どうせいつかは露見するだろうが、できればまずみんなと友だちになってからと思っていたのに。でも、自分で話したほうがうまく話せるとわかっているのに、保護者面した男性にその役目を任せるなんて、わたしの性分が許さない。そこでハーレーは自ら真実をぶちまけた。

「さあね。そのときわたし、酔っぱらっていたし」

そのときのサムの表情ときたら、本当に傑作だった。やがて彼もにんまりした。

「そうだな、記憶が正しければ、二時間ぐらいだと思う。ぼくがきみをポーカー台から下ろしたあと、きみがホテルの滝に全裸で飛びこむ直前のことだった」

ハーレーの口があんぐり開いた。「わたし、そんなことしていないわ」

「いや……事実だよ」サムが言った。「でも、警察が来る前にぼくが引っぱりあげ、茂みに隠した。じつは、プロポーズしたのはそこでなんだ」

ティシャが吹きだし、その笑い声でたちまちほかの女性たちもキッチンに集まってきた。

「何事なの？」みんなが口々に尋ねたが、ハーレーはショックのあまり、とても答える余裕はなかった。

「わたしが全裸で茂みに隠れていた？」ハーレーがつぶやいた。

「いや、そのときにはすでに、ショーツとブラジャーはぼくがつけさせていた」

ハーレーは卵の黄身を見下ろしてうめいた。うっとりこちらを見つめている周囲の視線にも気づかずに。

「もう二度とラスベガスには戻れないわ」

サムが彼女をすばやく抱いた。「大丈夫さ。きみが水に飛びこんだところを見たほんのわずかな人たちだって、顔まで覚えていないと思うよ」

「なぜ今まで黙っていたのよ」ハーレーはうなった。

サムは肩をすくめた。「一度も話題に上らなかったから」それから卵の黄身に指をつっこむと、さっと味見をした。「少し塩が足りないと思うけど」

「盗み食いしないで」あとから思いついたようにそう言うと、塩の容器に手を伸ばした。

「それって、タトゥーを入れる前なの？　それともあと？」

「タトゥーですって？」ティシャが叫んだ。「どこに？　見てもいい？　前からタトゥーを入れたいと思っていたんだけど、オクラホマではできないのよ。チャーリーは州をまたいでダラスまで連れていってやると言い続けているくせに、口先ばっかりで。ねえ、どんなタトゥーなの、ハーレー？」

目を上げたハーレーは、興味津々の観客にいつしかすっかり取り囲まれていることに気づき、ぎょっとした。

「いかれた女だと思っているんでしょうね」下唇をかんで必死に涙をこらえる。

「まさか」サムが言った。「いかれてなんかいるもんか。きみは最高だよ。きみと結婚できたのは人生最大の幸せさ」

「まったくまいったわね」ティシャはカウンターをまわり、ハーレーをぎゅっと抱いた。

「ねえ、ハーレー、今日一日あなたににこにこし続けられるか、それだけが心配。だって、あなたがねたましくてねたましくて、どうしようもないくらいなんだもの」

「ええ、わたしもよ」別の女性が言い、ほかからもいくつか賛同の声があがった。

「ねたましい？　こんなばかなまねをしたのに？」

ティシャはサムに目配せして、投げキスをした。「確かに。でもその結果、こんなにすてきな夫を手に入れたじゃない」

みんなにのけ者扱いされているわけではないと気づき、ハーレーの緊張がようやく解け始めた。

ティシャはサムににじり寄り、顎の下をくすぐった。「ねえサム、あなたもタトゥーを入れたの？」

サムは突然顔を赤らめ、ティシャの手をぴしゃりとたたいた。

「きみは社会の脅威だよ。さて、そろそろ肉をひっくり返してこなくちゃ。ジュニー、食事は五時からにしよう。それまでに準備はできる？」

「わたしなら、いつだって準備万端でしょう?」ハーレーは甘ったるい声でそう言うと、つぶした黄身にマヨネーズとマスタードを加え、それを卵の白身にスプーン二杯分のせると、にっこり笑って彼に投げつけた。

女たちの笑い声の中、サムはほうほうのていで外に逃げだした。鉄板のところまで戻ってようやく、なんのために家に戻ったか思いだした。

「ケチャップはあったかい?」チャーリーが叫んだ。

「今持っていく」サムは答えた。

口からでまかせだが、自分でからかっておいて、逆にからかわれたのだと認めるはめになるよりはましだった。

5

バーベキューのあと、サムとハーレーの関係に変化が表れ始めた。さんざんはやしたてられながらも上手にそれを切りぬけたことが、ハーレーには自信になった。サムの友人や同僚たちが二人のなれそめをとやかく言う気はないのだと知ると、彼女も自分を責めるのをやめた。

サムは人生のあやまちではなく、わたしの友人であり、夫なのだ。彼が家にいるとき、ついこの間まで赤の他人だったのだということをうっかり忘れてしまうことさえある。ときどき、この状況の不自然さにいやでも気づかされはしたが、サムとの結婚は、あやまちはあやまちでも、今までで最高のあやまちだと思うようにした。彼はやさしい恋人で、公平かつ公正な夫。だが、サムも彼女の守護天使を自任しているのだと知ったのは、母からの電話のあとハーレーが泣き崩れていたときだった。

サムがハーレーを見つけたとき、彼女は洗面所で顔を洗い、はなをかんでいた。

「どうした、ジュニー！　具合でも悪いのか？」

彼の心配そうな表情を見たとたん、ハーレーはまたわっと泣きだした。

「違うの」彼女はすすり泣きながら、サムの胸に顔を埋《うず》めた。

ハーレーが泣くと、サムの胸に本物の痛みが走る。これに慣れるにはまだ時間がかかりそうだ。彼女に抱きつかれたとたん、胃がよじれた。

「話してごらん。なぜ泣いているんだい？」

「ママよ」ハーレーがつぶやいた。

サムは眉をひそめた。「ママが恋しいのか？」

ハーレーは頭を振って身を引いた。

「違うわ、全然！　ママが電話をかけてよこして、それで……」

また口がわななきだした。言葉が出なくなり、ただ頭を振る。でもサムにはそれで充分だった。

「原因はママなんだね？」

ハーレーはため息をついてうなずいた。

「いったい何を言われたんだ？」

ハーレーは肩をすくめた。「一生消えない恥をかかされた、わたしの評判はずたずただって」

「くそっ」

ハーレーの涙がとまった。サムが悪態をつくのを聞いたのは初めてだ。タオルを渡されて、顔を洗えと言われたとき、怒りに震えるその声にぎょっとして、つい黙って命令に従った。彼女が顔を洗う間に、サムは浴室を出て居間に向かった。

机の引きだしにしまったハーレーの実家の電話番号を探す両手が震えている。見つけると、たたきつけるようにボタンを押した。ハーレーが後ろにいることにも気づかずに。二回目の呼びだし音でハーレーの父親が出た。

「もしもし、デューイーですね？　サムです。マーシーはいますか？」

デューイーの声がぱっと明るくなった。

「サムか！　声が聞けてうれしいよ。結婚生活はどうだい？」

「楽しいですよ、おかげさまで。少なくとも、ついさっき電話をいただいたお母さんに、ハーレーが泣かされるまでは」

一瞬間があいたあと、デューイーが小声でののしるのが聞こえた。

「ご在宅なら、マーシーと話したいんですが」

「すぐそこにいるよ」デューイーが言った。「それはそれとして、妻との話が終わったら、四番打者はわたしに務めさせてくれ。わかるね？」

「ありがとうございます。喜んで」

「それとハーレーには、パパはおまえを愛してる、誇りに思ってるよと伝えてくれ。いいね？」

「承知しました。では、お母さんをお願いします」

「ちょっと待ってくれ」

一瞬の静寂のあと、ぱたぱたと駆けだす音がして、マーシーを呼ぶデューイーのどなり声が響いた。もしここまで腹を立てていなかったら、夫にどやされて唖然《あぜん》とするマーシーの顔を想像して吹きだしていたところだ。

そのころサバナでは、マーシーが夫の剣幕に驚いて、書斎から飛びだしてきた。何か悪い予感がした。

「いったい何事？」いきなりデューイーに腕をつかまれて、彼女は息をのんだ。

「サムから電話だ」デューイーが言った。「おまえと話したいそうだ」

容赦のない夫の手の力に、マーシーはむっとして口をへの字に結んだ。

「腕が痛いわ」彼女は気丈に言った。「どならなくてもいいじゃない。下品だわ」

「かまうもんか」デューイーは言った。「サムとの話がすんだら書斎に来ること。次はわたしと話をする番だ」

「ねえ、わたしの行動にいちいち指図しないで」

「サムが待ってる」デューイーが言った。「ただし、わたしもそう寛容ではいられないからな」

彼はマーシーの反応も待たずに、書斎にずんずん歩いていった。

さすがのマーシーも、いつもの夫らしくない態度に顔色を失い、電話口に急いだ。

「もしもし、サム？　ハーレーに何かあったの？」

「ええ。じつはそのとおりです」

マーシーは息をのんだ。「やっぱり。こうなることはわかっていたわ。愛する家族からそんなに離れた場所に住んだりして――」

「マーシー、無礼を承知で申しあげるのですが、どうか今すぐ黙ってください」

マーシーはあえいだ。「なんなの、その口のきき方――」

「いくらでも続けますよ。妻を守るためならね」

「守る？　いったいなんの話？」

「あなたは妻を泣かせた」

短い言葉だが、マーシーの傷ついた神経にバケツ一杯分の冷水を浴びせるほどの威力があった。

「意味がわからないわ」そう言いながら、嘘《うそ》はすぐに見破られるとわかっていた。

「いいえ、おわかりのはずです。内容は存じませんが、金輪際妻をいじめるのはおやめいただきたい。ハーレーはすばらしい女性であり、よき妻です。つまり、娘としても申し分ないと言えるでしょう。愛情を注ぐ相手である娘に、母親がわざと傷つくようなことを言うなんて、ぼくには理解できません。そうでしょう？」

マーシーは泣きだした。いかにも哀れな泣き方で、自分でも意識してそうしていた。だが最初の涙が頬に落ちたとき、泣いてもなんの役にも立たないと悟った。相手には見えないのだから。

「そんなつもりは……」

「いえ、そうなんですよ」サムは言った。「あなたはそのつもりだったんです。とにかく、もうきっぱりやめていただきたい。ハーレーはあなたの娘であって、あなたの社交予定を埋める手段ではありません。ぼくらがさっさと結婚してしまったことで、あなたが長年夢見てきた盛大な結婚式とやらができなくなったとお嘆きなら、主役不在の披露宴でも開いて全友人を招き、余興に先週ぼくらが送ったDVD上映でもしながら、ぼくらの代わりに飲んで食べて騒いで、あなたの娘さんがこうして元気に、とても幸せそうにしていることをご友人に報告なさったらどうです？　ええ、少なくともあなたに電話をもらうまでは幸せそうでした。おわかりいただけましたか？」

マーシーは一度こうと決めたらてこでも動かない性格だ。〝この家で本当にいちばん偉いのは誰か〟を教えこむことが長年のしつけの一環だったけれど、義理の息子の口調からすると、度が過ぎたらしい。

「ええ、わかったわ。謝ります。どうか許して。そしてハーレーを電話口に出してちょうだい。あの子にも謝るから」

「いいえ、それはできません。少なくとも今日のところは。母親の声を聞くのは一日一回で充分です。来週になって、お互い気持ちが落ちついたころに、また電話をください。よろしいですか？」

マーシーは適度にはなをすすり、控えめにかんだ。自分が泣いていることをサムに知らせるためだ。

「ええ、そうするわ。でも、ハーレーに悪かったと伝えてちょうだい。それぐらいいいでしょう？」

電話を切ると、マーシーは天を仰いだ。しくじったわ。だがすぐに、デューイーが書斎で待っていることを思いだし、ハンカチをポケットに戻した。夫と顔を合わせるには、もっと頬を涙でぬらしておいたほうが得策。そう本能が告げていた。

サムは、電話を切ったとき、まだ腹の虫が収まらなかった。振り返ると、ハーレーが戸口に立っていた。表情が読めず、サムは思わず息をつめた。母親にあんな口をきいて、怒っているのだろうか？　それともその逆か？

「ジュニー、ぼくは――」

「サム」

「何？」

「あなたは永遠にわたしのヒーローだわ」

とたんにサムの緊張が解けた。

「怒っていないんだね？」

「まさか」

それから彼女はサムに近寄ると、首に腕をまわし、思いきりキスをした。

「イエスよ」ハーレーが言った。

「ぼくは何も言っていないよ……まだ」

ハーレーは、ズボンのジッパーの背後に隠れた彼のものに体を押しつけ、目を閉じた。

「いいえ、はっきり聞こえたわ」ゆっくり腰を揺する。二人の情熱にたちまち火がつくと承知の上で。

サムはうなった。「くそっ……ベッドに行こう」

「遠すぎるわ」ハーレーがささやき、二人の体の間に手をすべらせた。

まもなく二人は互いの服を脱がせ、床に倒れこんだ。サムに抱かれて仰向けになったとき、つかのま正気を取り戻したハーレーは、廊下の電灯を見上げた。天井から蜘蛛《くも》の巣がだらりと下がっている。あとで掃除すること、と心にメモしたものの、おへそにつき刺さるサムの舌先を感じたとたん頭が真っ白になった。最後に思ったのは、結局彼女が正しかったということだけだった。ベッドはやはり遠すぎた。

ハーレーはプールサイドの長椅子に寝そべり、頭上の木陰でさえずる駒鳥《こまどり》のつがいを眺めながら、冷たいレモネードのグラスをつかむ指の間を結露のしずくが流れ落ちるのを感じていた。葉むらを透かして差しこむわずかな日光が、緑を背景に小さなダイヤモンドのように輝いている。ハーレーはサングラスの位置を調節し、ため息をついた。

今日は九月一日、労働者の日。しかも週末だ。三カ月前の今日、わたしはあのラスベガスのモーテルで、自分が結婚したことを知った。その後の九十日がわたしの人生を百八十度変えることになるなんて、誰が想像しただろう?

サムは今夜帰宅し、四日間の休暇に入る。それが今から待ちきれなかった。話したいことが山ほどある。ハーレーは目を閉じ、彼の顔を思い浮かべた。笑ったとき目尻にできるしわ、歩くと盛りあがっては緩む筋肉、おやすみのキスをするときの唇の感触。

身震いしてため息をつく。そう、わたしは恋に落ちた。文字どおり、サムに首ったけね。潮時だったんだわ。女性というのは、自分の子どもの父親になる男性を愛するのが当然だもの。そよ風が前髪を揺らし、ハーレーは思わずうめき声を漏らした。愛を交わすとき、顔にかかるサムの息を思いだしたのだ。

ああ、ベッドでの二人ときたら。もう少し頭の回転がよければ、あんなにお互いを求めてしまうのは、欲望だけのせいではないと気づいてしかるべきだった。わたしたちは結ばれるために生まれてきた。サムは最初からそれを見抜いていたのだ。覚えていない結婚をしたショックからなかなか立ち直れず、夫の真の姿に気づくのに時間がかかってしまった。でも、まもなくわたしたちに赤ちゃんが生まれる。

サムの家族は喜んでくれるはずだし、わたしの両親も小躍りするだろう。一カ月前、サムがママにお灸《きゅう》をすえてくれたおかげで、事態はすっかり好転した。父と母は週に一度必ず電話をかけてくるものの、小言は一つも出なくなった。サムが何を言ったのかは知らないが、生まれ育った家で権力の委譲が行われたらしいことは薄々感じられた。どのようにして革命が起きたにしろ、両親が以前より幸せそうなのだから文句はない。

もちろん変わらないこともある。いまだに母はアルミホイルを節約しているし、朝食のときに父が使うかもしれないからと、ファストフード店に行くたびに調味料の小袋を家に持ち帰る。キッチンのガラス製シェーカーの中に、もう山ほどたまっているというのに。

長椅子に横たわり、まもなく余儀なくされるはずの体と生活の変化について思いをめぐらしていると、かすかだがまぎれもなく遠くでサイレンの音がした。胃がよじれ、あわてて飛び起きた。

消防車だわ。

パトカーや救急車のサイレンとの違いを聞きわけられるようになって、もうずいぶんたつ。サムが仕事を心から愛していることは承知しているが、ハーレーがおびえを隠しておくためには、かなりの努力が必要だった。

「こんにちは。すてきな朝ね」

ハーレーは振り向き、サングラスを取った。エドナ・マシューズが裏庭の柵越《さく》しに手を振っている。

「呼び鈴を鳴らしても返事がないから、ここだと思ったの」エドナが言った。「お邪魔してごめんなさい。前に頼まれていたレシピをお持ちしたのよ」

火事のことを考えずにすむ口実ができてほっとしながら、ハーレーは急いで裏庭の扉を開けた。

「あなたなら、もちろんいつでも大歓迎よ」ハーレーはそう言って、半分空になったグラスを持ちあげた。「一緒にレモネードはいかが？」

「ありがとう、でも遠慮しておくわ。もうすぐ妹が迎えに来るの。モールに行くのよ。労働者の日恒例の店頭大セールがあるから。一緒にどう？」

ハーレーは人ごみや熱気を頭に浮かべ、たちまちうんざりした。

「いいえ、でもありがとう。またの機会にするわ」

「それもそうよね。きっととんでもなく混雑しているはずだけど、わたし、セールには目がなくて。とにかく、これがレシピよ。すごく簡単なの。もっとも、あなたなら、こんなに細かい指示は必要ないわよね。あなたの料理の腕はたいしたものだもの」

ハーレーはレシピを受け取りながら、にっこりした。「母に教わった暮らしの知恵の一つなの。たとえば、熟れたスイカの見わけ方とか、雨の日でもカールを保つこつとか」

ハーレーの口から母親の話や、正しい南部淑女に必要なユニークな条件について聞かされるのは、それが初めてではなかった。エドナはくすくす笑った。

「早くあなたのお母様にお会いしたいわ。相当の女傑らしいもの」

「まったく、そのとおり」ハーレーは言った。「妹さんと楽しんできて。くれぐれも日焼けどめをお忘れなく。今日は日差しがかなり強いわ」

「もうちゃんと塗ってあるわ」エドナは丸々太った顔に刻まれたしわをぱたぱたたたいた。

「じゃあ、失礼するわね。あとでまた様子を報告するわ」

家に入ったとき、ハーレーはまだ笑みを浮かべていた。レシピカードを食器棚にしまい、汗をかいたレモネードのグラスをシンクに置いた。あら、もうお昼じゃない。彼女は昨日のツナサラダのボウルを取りだして、サンドイッチをつくることにした。食べながら今夜の夕食の献立を考える。ごちそうにしなくちゃ。サムの好物ばかりをそろえよう。それを見れば、何かあったんだと彼にも察しがつくかもしれないけれど、食べ終わるまでは内緒にするつもり。何をどんなふうに告げるか、もうちゃんと決めてある。〝愛してるわ、サム・クレイ。こんなに誰かを愛せるなんて、思いもよらなかった。じつは赤ちゃんができたの〟そのとき急にぞくっとして、ハーレーの顔から笑みが消え、背筋を戦慄《せんりつ》が走った。

ハーレーはとっさに立ちあがり、誰かに肩でもたたかれたかのようにさっと振り返った。でも誰もいない。突然襲ってきた恐怖から身を守るように体を抱きながら、パティオのドアに近づく。裏庭の静寂はまだそこにあった。プールの青く澄んだ水に真昼の日光が反射してきらめく。さっきまで樹上にいた駒鳥のつがいが、今は芝生の上で跳ね、花壇では二匹の蝶《ちょう》がやはり昼食を楽しんでいる。いつもと同じ風景なのに、ハーレーには何かが違うとわかった。

ふと木々の向こうに目を上げたとき、黒い煙がぐんぐん空を覆っていくのが見えた。心臓がとまりそうになる。かなり大規模な火事だ。さっき耳にしたサイレンを思いだして、おなかの前で両手を握りあわせると目を閉じて祈った。その直後、電話が鳴った。あわてて受話器を取る。

「もしもし」

「ハーレー、ティシャよ。テレビをつけて」

「なぜ？」

「とにかくつけてみて」

「どのチャンネル？」ハーレーは尋ねた。

「地元のテレビ局ならどれでもいいわ。みんな中継してるから」

ハーレーは電話を持ったまま居間に走った。急いでリモコンを握る。座ると同時に映像が現れた。まるで地獄絵図だ。三階建てのビルにも匹敵する高さの炎が巨大な平屋の建物を食いつくそうとしている。カメラと炎の間でうごめく消防士たちのシルエット。放水の長い放物線が縦横に交わっているが、その努力が本当に功を奏しているかというと心もとない。

「ああ、なんてこと」ハーレーはつぶやいた。「あれはレッド隊?」それがサムの所属する部隊の名だ。

「レッド隊のほかにもたくさん出動しているわ」ティシャが言った。「最大級の火事だけど、そんなに心配しないで。もう何年もあの部隊で事故らしい事故は起きていないわ。こんな大規模な火事はあなたにとって初めてのはずだから、あわてないように電話で知らせたほうがいいと思ったの、わかった?」

「気分が悪くなってきた」ハーレーは言った。「ごめんなさい、これ以上話を続けられそうもないわ」

ティシャの答えも聞かずに、ハーレーは電話を切った。テレビの前にじっと座って、目の前でくり広げられるドラマに目を凝らす。火事が起きたとき、その巨大スーパーマーケットはすでに営業を始めていたため、消防士たちも通常の手順で作業を進めるわけにいかなかった。休日の週末なので、大勢の客を建物から避難させなければならないうえ、ふだん以上の数の車で駐車場は満杯。労働者の日のお祝いの買い物に来た客ばかりだ。まさに最悪のタイミングだった。

ハーレーは泣きたかったが、泣いてもなんの解決にもならないとわかっていた。サムにとっては日常茶飯事なのよ、と何度も自分に言い聞かせる。慣れるしかないの。結局その一時間後には、テレビ局も現場の最新情報をときどきニュースで流す程度になってしまった。報道が少ないということは、消火活動が問題なく進んでいるってことよ。だが、体の奥の重い塊は依然としてなくならなかった。それは恐怖とはまた別の、愛する人が危険にさらされているのに何もできないという無力感にほかならなかった。

駐車場はてんやわんやだった。警察が建物の周囲をロープで囲み、緊急車両が現場に接近しやすいようにしたものの、店から避難してきた人々がまだあたりで滞っていた。酸素吸入の応急処置を受けたり、鎮静剤を与えられたりしている人がいて、なかなか自分の車に近づけないのだ。気温はゆうに三十度を超え、それに炎の熱が加わって熱中症を起こしている消防士も多かった。

救出隊に加わっていたサムとチャーリーは、熱と疲労で目がくらみそうだった。サムはすでに防火服を脱ぎ、そのまま倒れこんでしまわないよう、二つ折りに近い姿勢で膝を抱えて座っていた。横ではチャーリーがスポーツ飲料をがぶ飲みしている。すでに手に負えないほど勢いづいた火を強風がさらにあおったが、風が吹けば近くのホースの放水からしぶきが降ってきてほてった体を冷やしてくれるから、それはそれでありがたかった。

サムはうめきながら立ちあがり、誰かに渡されたスポーツ飲料の瓶を手に取った。それで二本目だが、そこに含まれる電解質こそ、今彼が何より必要としている水分やミネラルを補給してくれる。振り返ると、近くの消防署からさらに二部隊が派遣されてきたところだった。サムは安堵《あんど》のため息をついた。これで応援も万全だ。

突然一人の女性が無理やりロープを突破して、何事か叫びながら消防士の元に駆け寄ってきた。

「息子がいないの！　わたしの息子が見つからない！」

サムは心臓がとまりそうになった。逃げ遅れた人が犠牲になるのは、消防士が最も恐れる事態だ。現場に近づく前に隊長にとめられたものの、彼女は火にのみこまれた建物をおかしくなったように指さし、やがて泣き叫びながらその場にへたりこんだ。

サムは飲み物を横に置くと、防火服をつかんで隊長に近づいた。すぐあとにチャーリーも続く。

「隊長」

リード隊長が険しい表情で振り向いた。

「避難が始まったとき、息子さんはトイレにいたそうです。そちらに向かおうとして引きとめられ、店員が事務所やトイレをすべて確認しているから、きっと表で会えるはずだと説得されたという話です」

「でも、どこにも見つからなかったと？」

リードは打ちひしがれた様子の女性を見下ろしてから、またサムに目を向けた。

「ええ」

「息子さんはいくつです？」

「十二歳よ」彼女が答えた。

燃える建物に目を向けたサムの口元がひきつった。

「トイレの場所は？」サムが尋ねた。

リード隊長は首を振った。「無理だ。建物の正面玄関はすでに火に包まれている」

「ええ。でも裏口からなら入れるかも」チャーリーが言った。「ついさっきまでそこにいたんです。煙は充満していましたが、火の手は見えなかった」

彼らの話を聞きつけた母親は、サムのズボンをすがるようにつかんだ。

「お願いです！　助けてやって。一人息子なの」

「隊長」

リード隊長は一瞬ためらって、近くに立っているスーパーの店長を呼んだ。店長は自分が呼ばれていると気づくと、駆け寄ってきた。

「トイレはどのあたりですか？」

店長は泡を食ったようだった。「店の裏手です。なんでまた?」

「逃げ遅れた人がいるらしい」

「まさか。副店長に確認させました。店内にはもう誰も残ってないと、彼ははっきり――」

「副店長はどこです?」リードが尋ねた。

店長は振り返り、あたりをすばやく見まわして大声で名前を呼んだ。四十がらみの背の低い太った男があわてて走ってきた。

「ヘンリー、避難の前に、トイレも事務所もすべて確認したんだよな?」

男の表情を見ただけで、答えはノーだとサムにはわかった。

「努力はしたんです」ヘンリーは言った。「でも、煙がひどくて……」

「なんてこった」店長はつぶやき、おびえた表情でリード隊長のほうを向いた。「知らなかったんだ、本当に! わたしは知らなかった!」

「失礼ですが、息子さんの名前は?」サムが尋ねた。

「ジョニーよ。名前はジョニー」

サムはチャーリーと目顔でうなずきあい、店長の腕をつかんだ。

「一緒に来てください。それからトイレにいちばん近い裏口と、店内のレイアウトを教えてください」

店長はサムとチャーリーのあとをあたふたと追い、走りながらサムの質問に大声で答えた。

「二人は突入、二人は外で援護!」リード隊長がそう叫ぶと、二人の消防士がホースを引きずりながら急いで彼らに続いた。まもなく建物の裏手にたどりついた彼らがホースを消火栓につなぐ間、サムとチャーリーは消火服を再び着た。サムは自給式呼吸器をチェックして、圧縮空気はあと三十分もつと確認すると、バイザーつきヘルメットをかぶった。

「これを持っていけ」リード隊長はサムとチャーリーに無線機を渡した。「逐一状況を報告しろ」

サムはうなずき、大判のポケットにそれをつっこんだ。トイレの位置はすでに確認した。もし神のご加護があって、もし少年がまだ中にいて、もし……。

そこでサムは思考をとめた。これ以上考えるな。今は、ハーレーとはもう二度と会えないかも、などと考えて平常心を失うわけにはいかない。これから進むべき方向と、まだ中にいると思われる少年に意識を集中することだ。

「行くぞ!」彼はそう叫ぶと、チャーリーと一緒に裏口に突進した。同時に放水が始まり、頭上から水が降り注がれた。

ドアを開けると、黒い煙と一緒に肌を焼く熱気がどっと押し寄せてきた。サムは中に入ったところで背後のチャーリーを振り返った。彼はすぐ後ろについてきていたし、放水ホ

ースを持った二人もドアの後方にいる。応援部隊はホースが届く限りはついてくる。だが
そこからはサムとチャーリーの二人きり。
サムは目の前の任務だけに集中し、短い祈りを口にすると、壁に沿って歩き始めた。

6

店長の話と背中にたえまなく感じる水しぶきを頼りに、サムは壁に手のひらを当てて進んだ。壁を境界線として、進むべき距離を頭の中で測っていく。チャーリーが彼の肩をたたき、自分は後ろにいると知らせた。そこでサムは無線機のスイッチを入れた。

「中に入りました」

すぐにリードの声が返ってきて、サムとチャーリーは隊長もそばにいるような錯覚を覚えた。

「よし、無理はするなよ。よけいな時間はない。燃えていない場所をひととおり確認したらすぐに戻れ」

「了解」それからサムとチャーリーは四つん這《ば》いになり、頭にたたきこんだ店内のレイアウトを思いだしながら煙の中を這って進み始めた。二人の応援部隊はホースを手に、戸口のすぐ内側からサムとチャーリーの背中に水をかけ続けている。

店長の話では、最初の二つのドアは事務室で、鍵《かぎ》がかかっているという。その先に壁から少し引っこんだスペースがあり、段ボールつぶし機が置かれている。スペースは幅三メートル、奥行き六メートルぐらい。そこを通り越して次の壁にたどりついたら、最初にあるのが冷凍室で、次の右側のドアが男性用トイレだという。もし母親の言うとおりなら、少年はその中か、少なくとも近くにはいるはずだ。

サムは、片手に懐中電灯を持ち、もう一方の手を道しるべとなる壁に押し当てたまま這っていった。背中に放水される水が周囲に滝のように流れ落ちているのに、煙を散らす役にはほとんど立たない。すでに店の正面がそうなったように、裏口にもいつ火が噴きだすかわからない。そうなれば、無事に脱出できる確率は格段に下がる。チャーリーはまだすぐ後ろに続いていた。

サムはもう一度少年の名前を叫んだが、やはり自給式呼吸器のマスクと炎の咆哮《ほうこう》によってさえぎられ、相手に届いたとは思えなかった。まもなく手にドアノブが触れた。まわしてみたが開かない。

鍵のかかった最初の事務室だ。

よし、ここまでは順調だ。方向は正しいらしい。彼は一瞬とまってチャーリーの肩をたたき、ドアを指さして、現在位置を彼にも知らせた。

チャーリーもサムの肩をたたき、うなずいた。二人はまた前進を始めた。

一メートルほど先に二つ目のドアノブがあり、これも鍵がかかっていた。予定どおり進んでいる。だがすでに放水は届かなくなり、その分熱さがひどくなっていた。それに対応するまもなく、突然手のひらに壁が触れなくなった。サムはそこでとまり、店長の話を頭で反芻《はんすう》した。

段ボールつぶし機置き場に違いない。少なくとも三メートルは進まないと次の壁はないということだ。店長の指示と勘を頼りに、サムはまた動き始めた。先に行けば行くほど地獄に近づくと知りながら。

数メートル前進したところでまた右側に壁が現れた。チャーリーが彼の脚をたたき、自分も壁に手が触れたと伝えてきた。サムは進み続けた。懐中電灯の光も、刺激臭に満ちた厚い煙の壁が相手では星の瞬きにも満たない。

サムは息づかいを緩めようと努めた。この調子で呼吸を続ければ、装置内の圧縮空気はせいぜい十五分しかもたない。目的地はそう遠くはないはずだ。とにかく前進あるのみ。

ところが、次の目印までの距離が思ったより遠かった。ひょっとして迷ったのかと思ったそのとき、長い金属製のハンドルが手に触れた。とたんにアドレナリンが噴きだす。

冷凍室だ。あと数歩先に男性用トイレのドアがあるはず。ああ神様、子どもがまだ中にいますように。

「ジョニー、ジョニー！　オクラホマシティ消防署だ。聞こえるか？」

そう叫んではみたが、答えは期待していなかった。ごうっという炎のうなりはまるで迫りくる嵐《あらし》のようで、正面の店内ではスプレー缶や洗剤容器がひっきりなしに爆発し、その音はまさに戦場さながらだった。サムは男性用トイレのドアノブはまだかと期待しながら壁を手探りして進んだが、手袋の向こうにはなめらかな壁面が続くばかりだった。四つん這いという無理な姿勢を続けているせいで脚の裏側の筋肉がひきつりだし、胃がきりきり痛んだ。道順が正しいなら、ドアはいったいどこなんだ？

そう自問自答した次の瞬間、手がドアノブをつかんだ。トイレだ！　サムは急いでチャーリーの肩を持ち、壁をたたいた。チャーリーもわかったというようにうなずく。サムの合図で二人は間髪を入れず立ちあがり、ドアをぐいっと押し開けると、懐中電灯で隅から隅までくまなく照らした。たちまち中に煙が充満したが、便器の横に個室が二つあり、どちらも空だと確認するだけの時間はあった。

なんてこった。

チャーリーがドアを指さした。サムはうなずき、すぐに方向転換してトイレから出た。店長に違うトイレを教えられたか、少年が逃げようとして失敗したか、そのどちらかだ。

二人はまた四つん這いになり、もうもうとたちこめる煙の隙間《すきま》を探しながら戻った。耐えがたいほどの熱気が、今や防火服の内側にまで染みこんでくる。サムの全身が、手遅れにならないうちに今すぐここから逃げろと叫んでいる。あまりの熱さに、手袋が溶けて肌に張りついてしまったような気がする。これ以上長居すれば自殺行為だ。くそっ、だが子どもを見殺しにするなんて。

サムは表で待つ母親の姿を想像した。もしぼくらだけで戻ったら、彼女がどんな顔をするか。あと少しだけ。退却するにしても、反対側の壁をたどって帰ろう。あとは運だけが頼りだ。

「さあ、出よう！」チャーリーが叫んだ。

サムはうなずいたが、チャーリーの腕をつかみ、向こう側を指さした。

「反対の壁を伝って戻ろう！」

「わかった！」チャーリーが叫び返した。

サムは無線を取りだし、隊長を呼んだ。

「隊長！　サムです！　子どもは発見できませんでした。反対側の壁に沿って戻ります」

屋内の騒音を縫って、ごうごうと雑音が聞こえてくる。隊長が応答していることはわかるのだが、ようやく聞き取れたのは〝今すぐ〟という言葉だけだった。しかしその直後〝つきぬけた〟とリードががなりたてるのが聞こえ、サムの血が凍った。火が裏手の天井をつき破ったのだ。

彼は無線をポケットに入れ、チャーリーに叫んだ。

「すぐに退却だ！」

チャーリーがうなずき、二人が一緒に進み始めた次の瞬間、サムは自分の下にコンクリート以外の何かがあるのに気づいた。分厚い手袋越しでも、それが床に横たわる人の体だとわかった。

「チャーリー！　見つけたぞ！」サムはどなった。

チャーリーが這って横に来た。

「脚を持て。ぼくが肩を持つ」チャーリーが叫ぶ。

しかし、彼らに動く暇はなかった。大爆発が起きたのだ。サムが目を上げると同時に、巨大な炎の壁がこちらに押し寄せてきた。チャーリーのヘルメットをたたき、叫ぶ。

「火の玉だ！　伏せろ！」彼はとっさに無防備な少年に覆いかぶさった。その直後、頭の上に巨大な火の玉が襲いかかってきた。

頭上の恐怖もさることながら、体の下の微動だにしない少年も心配だった。頭が混乱している。子どもはもう死んでいるのだろうか？　もし生きているとしても、どうやって救えばいい？　来た道を戻ることはもうできないし、前方は火の海だ。つまりは、袋小路ということだ。

そのとき突然、答えがくっきりと頭に浮かんだ。まるで誰かに耳打ちでもされたみたいに。

冷凍室だ。冷凍室の中に避難しろ。

サムは目を上げてチャーリーに手を伸ばした。とたんに心臓が凍りついた。さっきまで何もなかった床に煙のくすぶる大きな金属の塊がある。そして傍らにチャーリーが倒れている。

「チャーリー！　チャーリー！」でも彼はこたえない。これでサムは、自分のほかに二人の怪我《けが》人の面倒を見なければならなくなったのだ。

彼はあせってあたりを見まわした。頭上から燃えかすが雨あられと降ってくる。冷凍室は数メートルも離れていない後方にあるはずだ。サムは無線機をつかんだ。

「緊急事態発生！　緊急事態発生！　途中で逃げ場を失いました。少年は発見、しかしチャーリーが負傷。くり返します！　少年は発見、しかしチャーリーが負傷！」

また大きな爆発が起き、建物を揺るがした。サムは上を見た。天井は火に包まれている。オレンジや黄色の美しい死の炎が天井の表面に沿って躍っている。まるで岸に押し寄せる波だ。重力に逆らい、燃えるものならなんでものみこみながら進んでいく。

天井にたまったガスが発火する現象だ……もう誰にもとめられない。

サムは改めて無線を入れた。

「隊長、とりあえず冷凍室に逃げます」彼は叫んだ。「在庫用の大型冷凍室です」

それから無線をポケットに戻すと、片手でチャーリーの防火服の背中をつかみ、もう一方の手で少年の脚を持って、二人を引きずりながらじりじりと後退を始めた。

背中の筋肉が熱い。でも疲労のせいか、熱気のせいか、定かではなかった。あとずさりし続けているのになかなか進まない。時間がかかりすぎている。方向を間違えたのかと思ったそのとき、壁にぶつかった。ほっとして、思わず安堵《あんど》の声を漏らす。つかのまチャーリーと少年を放し、背後を手探りして冷凍室のハンドルをつかむと、短く感謝の祈りをささやいた。ぼくだけの力じゃない。誰かのお導きがあったのだ。

扉は簡単に開いた。まずは少年を引きずりこむ。意識を失った少年の体はやすやすと動き、冷たいなめらかな床にぐったりと横たわった。次にチャーリーを引っぱりこむと、すばやく扉を閉めた。

サムは四つん這いの格好でヘルメットを脱ぎ、そのまま腹這いに倒れこんだ。心臓が早鐘のように打っている。

頰に感じる冷たさは、さながら喉の渇きで死にかけた人間に与えられた水のようだった。扉の外の熱気から解放されてほっとする一方で、冷凍室の電源が入っていないことに気づいた。つまり空気の循環装置も働いていないのだ。運が悪ければ、救出隊が来る前に窒息するかもしれない。でもその心配はあとまわしだ。

サムはなんとか起きあがろうとした。少年が呼吸をしているか確かめなければならない。チャーリーの怪我の具合も見なければ。だが、冷凍室の中の静けさはまるで睡眠薬だった。分厚い壁にさえぎられて、外部の音はかすかにしか聞こえない。死んだら死んだでいいさ。ここにいれば少なくとも、ぼくらを埋葬する家族に、数片の骨とわずかな灰以上のものは残せるだろう。

やっと立ちあがり、恐る恐る移動を始める。懐中電灯を落としたのは失敗だった。手を前につきだして手探りで進み、最初の体を見つける。チャーリーだ。手袋をはずし、首の脈を探す。あった。力強く、安定している。全身をまさぐったが、出血はなさそうだ。ただヘルメットに、それまではなかったへこみが見つかった。サムにできるのは、気を失っただけでありますようにと祈ることのみだった。

心配なのは少年のほうだ。すぐに彼を捜しあて、脈を確かめる。チャーリーと違って、危険な状態だった。脈はか細く、呼吸音も微弱だ。サムは床に転がった自分の呼吸装置を見つけると、急いで少年の顔に取りつけた。あとどれだけ酸素が残っているかわからないが、今これが必要なのは自分ではなく、少年だ。そこまで作業を終えると、サムはうんとうめいて床に座りこんだ。照明も救急救命装置もなしでは、これ以上できることはない。あとは救助を待つだけだ。

まもなくサムは寒さを覚えた。チャーリーは防火服を着ているから大丈夫。問題は少年だ。彼は服の前を開けると、少年をしっかりと胸に抱いた。

「ジョニー、聞こえるかい？　もう大丈夫だよ。でもぼくと一緒にここにいなくちゃならない。お母さんは外できみのことをすごく心配している。頑張れ。こんなに頑張ったことないっていうくらい頑張るんだぞ」

もうぼくにできることは何もない。サムはひたすら少年を抱きしめた。そうしてハーレーのことを考え、彼女の笑顔や愛を交わしたときのことを思いだした。ぼくが死んでも彼女の人生は続く。この結婚は正しかったと証明しきれずに人生を終えなければならないなんて、悔やんでも悔やみきれない。

建物の外ではリード隊長が、サムの最後のメッセージの断片から、彼らがトラブルに巻きこまれたことを直感した。即座にきびすを返し、わめきながら一目散に駆けだす。

「今すぐ緊急突入部隊を編成する」

消防士たちはただちに行動に移った。新たに放水用ホースを伸ばし、呼吸装置を手にして、建物の裏に集合する。

「どうしたの?」ジョニーの母親が叫んだ。「うちの子は見つかったの?」

リード隊長が近くにいる警官に大声で命じた。

「この女性を今すぐここから退去させてくれ! 危険だから一般市民は立ち入り禁止だ」

女性はリードの腕にすがった。その目は恐怖とショックで見開かれている。

「事情を教えてもらうまでここを動かないわ」彼女は言った。「わたしの息子よ。その権利があるわ」

リードは一瞬ためらってから、彼女の手を握った。

「奥さん、状況は芳しくありません。部下から伝え聞いた限りでは、息子さんは見つけたものの、中に閉じこめられてしまったようです。息子さんの状態はわかりません。生死について確かなことは申しあげられませんが、部下を救出できなければ全員命はないでしょう。どうか警官と一緒に安全な場所に避難してください。何かはっきりしたことがわかったら、必ず最初にお知らせします」

「ああ、神様」彼女はがっくり肩を落とし、警官に誘導されていった。

リードは嗚咽《おえつ》をこらえた。感情にのまれている暇はない。彼らの命は理性的な判断にかかっている。リードは命令を下しながら、現場に向かって走った。

ハーレーはすでに一時間近く前から、サムの身に何かあったことを察知していた。息を吸うたびに胸に痛みが走り、一秒過ぎるごとに愛する人の命が削られていくのがわかる。彼女は身動き一つせずに、鳴らない電話をぼうっと見つめていた。サムを死なせるわけにはいかない。まだ一度も愛してると言っていないのに。そんなの不公平すぎる。

しばらくして呼び鈴が鳴った。だが出迎えに立つ気になれない。するとノックの音に続いて、聞き覚えのあるティシャの声が耳に飛びこんできた。

「ハーレー！　ハーレー！　いるの？」

ハーレーは身震いした。不安で押しつぶされそう。でも状況は知りたい。彼女はのろのろと玄関に向かい、ドアを開けた。

ティシャがハーレーの肩をいきなりつかんだ。

「一緒に行きましょう！　さっき電話があったの。じつは——」

「サムに何かあったのね？」ハーレーが言った。

ティシャが眉をひそめる。「誰に聞いたの？」

「誰にも聞いていないわ」ハーレーは、ティシャの肩の向こうをぼんやり見つめながら言った。

「じゃあ、どうしてわかったの？」

ハーレーの手が無意識に心臓に押しつけられる。

「感じるのよ」

「バッグを持って、一緒に行くのよ。リード隊長からの電話なんて待っていられない。チャーリーも何か事故にあったらしいの。現場に行って、状況を確かめなくちゃ」

ハーレーはまた身震いして振り返り、うわの空で部屋を眺めた。

ティシャはじれて大声を出すと、ハーレーのバッグがいつもしまってある小テーブルに突進した。案の定、それはそこにあった。急いでバッグを手にすると、ハーレーをせきたてて家を飛びだした。

緊急突入部隊の勝ち目はなさそうだった。建物の北側の壁はすでに崩れ、金属製のアーチ型長屋根は陥没して久しい。

フランクリン・リードは胃がむかむかした。四十七歳という年齢もかえりみず、できれば大声で泣きたかった。爆発が起きて以来、サムとチャーリーに突入を許可した自分をずっと責め続けていた。あのときとめていれば、彼らは今ごろまだ生きていたはずだ。二人はもう死んでいる。そうとしか思えなかった。自給式呼吸器内の圧縮空気はもうとうに枯渇したはずだ。きっと炎より先に煙に巻かれたに違いない。そう自分に言い聞かせたが確証はなかった。テレビの中継車が列を成しているのは、ここからゆうに四区画は離れた場所だが、望遠レンズに追いかけられているのがわかる。だからこそ感情を抑えていた。泣くなら、カメラがいなくなってからだ。

視線をそらしたとき、目の端で動きをとらえた。とたんに眉間《みけん》にしわが寄る。警官たちの許可で封鎖ロープをくぐった二人の女性がこちらに向かってくる。一人はチャーリー・スターリングの妻だが、彼女に引き連れられている女性には見覚えがない。

「くそっ」彼は誰にともなくつぶやいた。パトリシア・スターリングに、あなたの夫は十中八九死亡した、などと伝えるのは気が進まなかった。

あたりは煙と騒音であふれ返っていた。ティシャとハーレーは、立ち入り禁止のロープをくぐったとたん、足元が水浸しなのに気づいた。

ハーレーは、ティシャに引きずられるように歩いていたが、つき当たりで二人を待ちかまえている、制服を着た、厳しい表情の背の高い男性は目に入らなかった。彼女はひたすら、彼の背後で空を焦がす炎を凝視していた。

「ああ、神様」ハーレーは思わずつまずいた。

ティシャが彼女の肘を支える。

「とまらないで」ティシャの瞳はあふれる涙で光っている。「それと火は見ないこと。リード隊長が全部教えてくれるわ」

リードが近づいてきた。

「パトリシアだね？」彼はティシャの腕に触れた。

ティシャは口元をわななかせながら笑顔を繕った。

「ええ。こちらはサムの奥さんのハーレーです」

「現場に来るべきではないとご存じのはずでは？」

「ほかにどこにいろっていうの？」ティシャが問い返す。

リードは肩をすくめ、ハーレーに目を向けた。その手を取ったものの、すぐに本人は触れられたことにすら気づいてないとわかった。目を大きく見開き、瞳は固定されて散大している。彼女は目の前の光景に呆然《ぼうぜん》としていた。

「ミセス・クレイ、こんな状況でお会いすることになり、残念です。先月お宅で開かれたバーベキューには参加するつもりでしたが、あの日、末の息子が野球の試合で脚を骨折しまして。妻とわたしは、その午後と夜のほとんどを緊急救命室で過ごしていたんです。どうか事情をお察しください」

ハーレーは目をしばたたいた。「ごめんなさい。なんておっしゃったの？」

リードはため息をつき、ティシャに視線を移した。

「誰かから連絡がいったんだな。さもなければ、あなた方がここにいるはずがない」

「どんな状況なの？」ティシャが尋ねた。

リードの口元がこわばった。無意識に彼女の腕をつかむ手に力がこもる。

「サムとチャーリーは逃げ遅れた子どもを救出するため、中に入ったんだ」

ティシャはうめき、それから大声をあげそうになって唇を指で押さえた。

「それで？」

「少年は見つけたが、脱出できなかったらしい。最後にサムから受け取ったのは、緊急事態発生のメッセージだった。中に閉じこめられたということまではわかったんだが、ほかは雑音がひどくて聞き取れなかった。すぐに緊急突入部隊を送ったものの、救出できなかった」リードは体を震わせながら、大きく息を吸いこんだ。「残念だ」

ティシャは両手で顔を覆い、その場に崩れ落ちた。すぐにハーレーの手が彼女の頭に置かれた。

リードの目の前で、ハーレーは立ったまま体を揺らし、目を閉じた。失神すると思って、リードはとっさに彼女の肩を抱きとめたが、ふと気づくと彼女の焦点の合わない瞳を吸いこまれるように見つめていた。

「あの人たち、寒がってるわ」ハーレーが言った。

「奥さん……ハーレー、でしたっけ？」

ハーレーはうなずいてからほほ笑んだ。「でもサムはジュニーと呼ぶの」

リードはため息をついた。

「ハーレー、わたしがお連れしましょう……」

「だめよ、わたし、ここでサムを待つわ。彼は寒がってるの。誰かに毛布を持たせてやって」

リードの目に涙があふれた。「ミセス・クレイ、お願いです。パトリシアと一緒にどうかこちらへ」

ハーレーは額にしわを寄せ、いきなりリードを振り払った。

「ねえ、聞いて」声の調子が一語一語上がっていく。「あの人たち、生きてるわ。寒がっているのよ」

近くにいたスーパーの店長が話を聞きつけ、急に何か思いついたように口を開いた。

「リード隊長！　リード隊長！」

リードが振り返る。「なんです？」

「彼女の言うとおりかもしれません。消防士のメッセージは最後の部分がよく聞き取れませんでしたが、確か救出《フリーゼム》を要請する内容だとあなたは判断なさった。でもそうではなく、冷凍室《フリーザー》だったとしたら？　冷凍室がトイレのすぐ横にあります。彼らはそこに避難したのかもしれません」

屋根が焼け落ちて以来初めて、リードにかすかな希望が見えた。その根拠は、望みを捨てようとしない新妻の執念と店長の言葉が本当かもしれないと直感したこと、ただそれだけだ。充分とは言いがたいが、もっと信じられないような奇跡をこれまでにも見てきた。彼はティシャとハーレーに目を向けた。

「ここにいてください」彼はそう言って、現場に向かって駆けだした。

サムたちは水の中に座っていた。当然と言えば当然だ。室内の氷が周囲の熱で溶けてしまったのだ。一度チャーリーがうめいたような気がして、自分がそばにいると知らせるために名前を呼んでみたが反応はなく、空気の無駄づかいはそれでやめにした。

少年はまだ息がある。胸がかすかに上下している。煙を大量に吸いこんでいるはずだから、早急に治療しなければならないのだが、今のサムにできるのは、膝にのせて抱いてやることだけ。やるせなさと同時にあきらめも覚える。やがてぼくらは死ぬのだろう。こんなふうに最期を迎えなければならないなんて、人生は道理に合わない。

ゆっくり浅く呼吸して、解凍された肉とぬれた紙のにおいを嗅《か》ぎながら、思いきり酸素を吸いたいという欲求に駆られる。ヘッドギアの圧縮空気はすでに空になり、冷凍室内の酸素も急速に失われつつある。サムは眠気を感じ始めていた。耐えがたいほどに。火が収まったかどうか確かめるため、扉を開けてみようかとも思ったが、もしまだなら、とたんに焼け死ぬだろう。そんな死にざまは願い下げだ。命がけで闘い続けてきた相手に、最後の最後で打ち負かされるなんて。だからこうして少年を抱いたまま冷凍室内にとどまっている。いつその息がとまるかと耳をそばだてながら、ひょっとすると自分のほうが先かもしれない、と思う。

ぼくを忘れないでくれ、ジュニー。ぼくはけっしてきみを忘れない。

少年がやけに重く感じる。疲れた。本当に。壁に頭をもたせ、目を閉じた。目が少しひりひりするが、それ以上にかゆかった。また意識が遠のきだす。なぜ目が不快なのか考えなければ。ああ、そうだ。煙のせいだ。とにかく休みたい。少しでいいから。

やがて、サムの腕の力が抜け、少年がゆっくりと膝の上にすべり落ちた。溶けた氷からたえまなくしずくが落ちる音以外、何も聞こえなくなった。それは死の静寂だった。

リード隊長の無線機がかちりと鳴り、があっという雑音に続いて、部下の叫び声が聞こえた。

「彼らを発見しました！」

リードが自分の無線機のスイッチを入れた。

「冷凍室か？」

「そうです、隊長。すぐに搬出します」

「生存しているのか？」

「全員脈があります」

リードはその場にへたりこんだ。

「神よ、感謝します」振り返ると、ハーレーがそこにいた。「ミセス・クレイ、彼らを発見したよ。全員無事だ」

「はい」ハーレーは言った。

リードは一瞬彼女をまじまじと見て、その手を取った。

「ハーレー？」

「えっ？」

「なぜわかったんだ？」

「サムが生きていることですか？」彼女はきき返した。

リードがうなずく。

「彼を感じたから……ここで」ハーレーは心臓を手で押さえた。

リードは頭を振った。「言葉が悪くて恐縮だが、それは、二人がくそいまいましいほどのおしどり夫婦だという証拠だな。きみたちの選択眼には脱帽だよ」

ハーレーはうなずいた。隊長が立ち去ると口元が震えだした。生存者の搬出を待つうちに、しだいに気持ちが軽くなっていく。

選択眼？　確かにそうかもしれない。でも、最初にわたしとサムを結びつけたのは分別でも選択眼でもなく、シャンパンだった。そして、ほとんど何も覚えていないばかげた結婚式のあとは、確かにそう、わたしの選択だった。本能という本能がこれはあやまちだと叫んでいたにもかかわらず、わたしは彼と暮らすことを選んだ。今ようやくわたしたちは幸せな結婚生活に踏みだし、赤ちゃんも生まれる。神様、サムを助けてくださってありがとう。今すぐこのニュースを伝えなくては。

突然戸口付近の人々がざわめきだし、いよいよ搬出が始まるのだとわかった。どうしてもサムの顔が見たくて、待機中の救急車のほうに向かう。彼は大丈夫。彼が生きているとわかったように、それについても直感で感じていた。

そこにはティシャもいた。まだ泣いているものの、今は安堵の涙に変わっている。ハーレーは彼女の横をすりぬけて、最初の担架に近づいた。

例の少年だった。酸素マスクに隠れた、煙で汚れたほっそりした顔。大人になりかけた子どもの面影が見える。サムとチャーリーが彼を救ったのだ。誇らしくて、ハーレーは目に涙があふれだした。これから少年の運命がどうなるにせよ、サムとチャーリーのおかげでここでは死なずにすんだ。

二つ目の担架がやってくる。ハーレーは思わず駆け寄った。チャーリーだった。頭を包帯で覆われている。

「彼は大丈夫なんですか？」

「ええ」救急隊員が答えた。

ハーレーはおなかのあたりで両手を握りしめ、煙のくすぶる建物のほうを向いて、彼女の心をとらえて放さない男性が運びだされるのを待った。

永遠に終わらないとさえ思える長い時間が過ぎていく。何度も息をとめては吐きだすうちに、最後の担架が現れるのが見えた。ハーレーは駆けだした。

「サム」

彼女の声を耳にして、サムが目を開けた。ハーレーが、移動する担架に追いすがる。

「ジュニーか？」

「愛してるわ、サム。ずっと言えずにいたけど、今ようやく気持ちを告げられる」

今まで経験したことのないような心の平穏をサムは感じていた。救急隊員に運ばれながら、彼は手を伸ばし、ハーレーがそれを握った。

「ありがとう、ジュニー」

ハーレーは嗚咽を漏らし、隊員たちの早足に必死に歩調を合わせようとしながらしゃくりあげる。

「泣かないで、ハニー」サムが言った。「怪我はないんだ。少し煙を吸っただけさ」

「泣いてなんかいないわ」ハーレーは言った。

サムは吹きだしそうになったが、力を入れると胸が痛む。

「じゃあ、水漏れかな?」

しばらくして、隊員たちが彼を救急車の横の地面に下ろした。一人が彼の肩をたたいた。

「もう一つ車輪つき担架を持ってこなくちゃ。そのあとすぐに救急車に乗せるからな、サム」

「ごゆっくり」サムは言った。「ぼくは、今横にいる彼女がいればそれで充分だから」

ハーレーはひざまずいた。サムの顔の煤《すす》や煙の汚れをものともせず、そこに頬を寄せる。残った力を振り絞らなければならなかったが、それでもサムは彼女の首に腕をまわした。

彼の声は穏やかだったが、そのひと言が、彼がどんな修羅場をくぐりぬけたのかを充分物語っていた。

「また仕事に戻る気になるかどうか、自分でもわからないよ」

ハーレーは泣きだした。

「ああジュニー。泣かないで。ぼくまで泣きたくなる」

彼女はサムにキスをした。炎と煙と、夫である男性の味。

「サム」

「なんだい、ハニー？」

「赤ちゃんができたの」

ショックで地面が揺れたような気がした。サムは目を丸くして彼女の唇の見慣れたカーブを、そして、そんなものあるわけないと本人はかたくなに否定し続けている、鼻の頭の二つの小さなそばかすを見つめた。ハーレーの中にゆっくり入っていくとき、彼女が漏らすため息を思いだす。そう、ぼくが彼女に注いだ愛情のたまものだ。

危うくぼくは、このニュースを聞きそびれるところだったのだ。ハーレーの顔がぼやけだし、あわててまばたきして涙を隠した。

ああ、神様。

「サム？」

彼はハーレーの手をつかむとそれを唇に押しつけた。胸がいっぱいで言葉が出ない。

「ありがとう、ハーレー。この結婚を試すチャンスを与えてくれて」

「ありがとうですって？　わたしに？　感謝するのはわたしのほうだわ」彼女が言った。

「怖くなって逃げだしたわたしを追いかけてきてくれたのはあなたよ。自分を愛することさえ恐れていたわたしを、あなたは愛してくれた。あなたはわたしのヒーローよ。今も、そして永遠に」

サムは頭を振った。「ぼくはヒーローなんかじゃない。ただの男だ。どれだけきみを愛しているか、神のみぞ知る、さ」

ハーレーはサムを抱きしめたかったけれど、痛めた箇所に触れてしまいそうで、もう一度軽くキスをするにとどめた。

「汚れるよ」サムは、彼女の顎についた黒い煤を指さした。

ハーレーは身震いした。こっちは今すぐにでも彼を身ぐるみはいで、どこにも怪我はないか確かめたいというのに、彼ときたら、わたしの顔が汚れることを気にしている。まったくもう。気を失う寸前だったことを悟られたくなくて、ハーレーは笑顔を繕った。

「前にだって体中べとべとにしたことがあるわ。確かあなたから、結婚した晩の苺《いちご》とシャンパンの話を聞いたような気がするけど」

「あれは汚れのうちに入らない。ちょっぴりはめをはずした最高のセックスさ」

ハーレーは大声で笑いたかった。その午後ずっと彼女にまとわりついて離れなかった恐怖はようやく消え去ろうとしていたが、心から楽しむには、まだ記憶が生々しすぎた。

「ねえ、サム」

「なんだい、ハニー？」

「あなたが回復したら、一つお願いがあるの」

「なんなりと」彼が言った。

「あなたともう一度結婚式を挙げたい。誓いの言葉を思いだせないまま一生を送るなんて、まっぴらだもの」

サムの目に涙があふれた。こんなにささいなひと言で、ハーレーはぼくを骨抜きにしてしまう。

「感激だな」彼は言った。

ハーレーはにっこりした。

「もちろんよ、サム。きっと大感動の式になるわ」

エピローグ

「ハーレー、本当にこれがあなたの望みなの？」

ハーレーは母親にほほ笑んで、その頬を軽くたたいた。一同は牧師の到着を待っているところだ。

「ええ、ママ。心から」

マーシーは叫びたいのをこらえ、笑顔をつくった。

「だって、あまりにも……」

「低俗だと、そう言いたいんでしょう、ママ」

マーシーはため息をついた。「ええ。まあ、善し悪《あ》しはあなたが決めることだわ」

ハーレーはにこりとした。母が自分を納得させ、この場に臨むまでには、五カ月という長い月日がかかった。もっとも、それはみんなに言えることだけど。チャーリーはあの事故で脳震盪《のうしんとう》を起こしたものの、すぐに回復した。助けられた少年は命をとりとめ、まもなく全快しそうだ。おなかの赤ちゃんも順調で、バレンタインデーの少し前が予定日。だから、多少母に文句を言われても気にならないのだ。

確かにラブ・ミー・テンダー教会の礼拝堂は、文句をつけたくなるところばかりが目につく。『大草原の小さな家』と娼婦《しょうふ》宿を足して二で割ったような、異文化が真っ向からぶつかりあう悪夢の館《やかた》。小さな礼拝堂内のカントリー調の梁《はり》から垂れさがった造花は、祭壇近くの二本の張りぼての柱に絡まるクリスマス用電飾の間を這《は》っている。祭壇の上方をぴかぴか光るネオンが横断し、祭壇自体はエルビスが刺繍《ししゅう》された紫のサテンで覆われている。

近くに立っているサムは、両手をポケットにつっこんで、ハーレーの父親と熱心に話しこんでいた。二人は今ではすっかり気心を通わせている。やがて生まれる赤ん坊を待ち望む気持ちが、二人の絆《きずな》をいっそうかたくしたらしい。マーシーもハーレーを泣かせたことをとがめられて以来、サムにはおとなしく従っている。マーシーが手づくりのパウンドケーキを手土産に、媚《こ》びるように目をしばたたかせた。いざとなったらこうしなさい、と幼少時からハーレーに教えこんだ哲学に賭《か》けているのだ。女の武器がだめなら、食事を与えて丸めこめ、と。

赤ん坊が蹴《け》り、ハーレーはおなかに手を当てた。「我慢してちょうだい、いい子ね」

そのとき音楽が始まった。部屋中をおなじみの《ラブ・ミー・テンダー》の調べが満たす。

「さあ、始まるわよ」ハーレーはそう言って、母親の背中をたたいた。

コーラスの途中、祭壇のあたりで何かがぽんとはじける大きな音がして、もくもくと煙がたちのぼったかと思うと牧師が現れた。お約束のリーゼントにした黒髪ともみあげ、それに白いサテンのジャンプスーツ。たっぷり刺繍の施されたケープを吸血鬼さながら華々しくひるがえしてみせると、曲に合わせて歌いだした。

「なんてこと！」マーシーは不安げにつぶやいた。

「ママ」ハーレーはたしなめるように言った。

「ただ驚いただけよ」マーシーは、一人娘をにらみつけたいところを必死にこらえた。

サムはハーレーに目配せした。ハーレーは笑いをかみ殺し、目配せし返した。わたしの記憶から飛んでしまった式は、これだったわけね。無理もないわ。

「ママ、そろそろよ」ハーレーが言った。

マーシーは、花嫁付添人用のブーケを体の中央でしっかりと抱え、顎を上げた。その瞬間、シャーマン北軍将軍をひっぱたいたディヴァインの顔がかいま見えた。南部淑女には、その穏やかな口調や完全無欠のマナーのほかにも共通する特徴がある。彼女たちはみな、鋼の意志を持っている。

マーシーは、お尻をつきだして歌う牧師に向かって通路を進みながら、こんなデイジーの花束などではなく、護身用の銃でも持ってくれればよかったと思った。ありがたいことに、彼女が祭壇にたどりつくまでに曲は終わり、牧師はおとなしくなった。サムと目を合わせ、それからデューイーを見てため息をつく。二人とも、あろうことかにこにこ笑っている。さもありなん。男というのは品位というものにまるで無頓着《むとんちゃく》なのだ。録音の《結婚行進曲》が壁を揺るがし、室内はまた音楽であふれた。全員が振り返り、通路に目を向けた。

ますます目立ち始めたおなかの前で白い薔薇《ばら》の花束を抱えたハーレーがこちらにやってくる。ピンクのマタニティドレスのすそが彼女の膝をやさしくこすり、サムは心臓が喉元までせりあがるのを感じた。もう何も気にならない。ぼくはすべてを手に入れた。

それからハーレーはサムの手を握り、彼にほほ笑みかけた。二人は牧師に向き直った。

誓いの言葉が進む中、ハーレーは思った。この分では、あとでまた自分が何を言ったか一つも思いだせなくなりそう。見えるのは、サムの瞳に輝くわたしへの愛だけ。聞こえるのは、自分の心臓の音だけ。

突然牧師が聖書をぱたんと閉じて説教壇に置き、両手を天井に掲げた。

「これより汝《なんじ》らを夫婦と認めよう」彼は叫んだ。

そのときいきなり《ハウンド・ドッグ》が大型スピーカーから大音量で流れだした。牧師は目を丸くして、背後の音響装置に飛びついた。

デューイーが鼻を鳴らし、マーシーは息をのんでブーケを取り落とした。

ハーレーは大声で笑った。サムは彼女を抱きしめ、キスで笑いを封じこめた。涙を必死にこらえながら。

まったく、今日は生涯最良の日だ。

●本書は、小社より刊行された以下の作品を文庫化したものです。
『花嫁の困惑』 2005年1月刊
『熱いハプニング』 2005年11月刊

運命の夜が明けて

2024年12月1日発行 第1刷

著 者 シャロン・サラ

訳 者 沢田由美子(さわだ ゆみこ)、宮崎亜美(みやざき あみ)

発行人 鈴木幸辰

発行所 株式会社ハーパーコリンズ・ジャパン
東京都千代田区大手町1-5-1
04-2951-2000(注文)
0570-008091(読者サービス係)

印刷・製本 中央精版印刷株式会社

 ISBN978-4-596-71757-3